INK INK INK INK INK INK
INK INK INK INK INK INK INK
INK INK INK INK INK INK
INK INK INK INK INK INK INK
INK INK INK INK INK INK
INK INK INK INK INK INK INK
INK INK INK INK INK INK
INK INK INK INK INK INK INK
INK INK INK INK INK INK
INK INK INK INK INK INK INK
INK INK INK INK INK INK
INK INK INK INK INK INK INK
INK INK INK INK INK INK
INK INK INK INK INK INK INK
INK INK INK INK INK INK
INK INK INK INK INK INK INK
INK INK INK INK INK INK
INK INK INK INK INK INK INK
INK INK INK INK INK INK
INK INK INK INK INK INK INK
INK INK INK INK INK INK
INK INK INK INK INK INK INK
INK INK INK INK INK INK
INK INK INK INK INK INK INK
INK INK INK INK INK INK
INK INK INK INK INK INK INK
INK INK INK INK INK INK

INK

經商社匯 13

十年後的世界

孔柄淏·著
盧鴻金·譯

No
investmen
No futur

目錄

第二部　爲了生存，我們需要做些怎樣的準備：爲十年後做好準備　237

前言：世界的變化就是我們今日的課題

從我第一天進入社會到現在，已經過了第十八個年頭了。在這期間，經常會聽到別人稱讚我「能夠創造出穩定的生活基礎，並且沒有什麼值得擔心的事情，眞讓人羨慕！」這類的話語。可是，對於我而言，今後的生活依然充滿著艱難險阻。用「如臨深淵、如履薄冰」來形容我的心態應該再適當不過了。即使在現在，我仍然感覺像是生活在每天只有輸贏的世界上，因此絕不敢有半點鬆懈。

這是因爲從現在開始，「穩定」、「安心」這樣的辭彙，不再存在於任何人的生活和工作中。身處於飛速變化的時代中，即使是那些曾經一度飛黃騰達過的個人、組織或共同體，也相當有可能在某一瞬間，突然失去所有曾經爲自己帶來過巨大利益與榮耀的市場和顧客。

對我而言，這個世界彷彿是一列急速行駛的火車，讓人很難在短時間內適應它的速度。

但是問題在於，我們不但絲毫看不出這列火車有即將減緩速度的徵兆，反而越開越快。世界正處於一場變革當中，而我們現在只不過處於這場變革的「準備階段（warm-up）」。

並且，在這個每天都在不停地發生變化的世界裡，對於其他國家發生的政治與經濟方面的問題，我們不能夠再持有「事不關己」的態度。因爲，即便是地球另一端正發生戰爭，我們也能夠通過媒體，在第一時間内獲得相關資訊。而世界市場的油價與匯率變動，更可以直接決定國內大部分人的喜與悲。

是的，小至國家間的問題，大至顚覆文明的巨大潮流，世界變化的影響力已經波及到我們生活的最深處。但是即使身處於這種危急狀態，卻仍然有許多人對於激變的世界政治、經濟形勢和巨大的變化，沒有任何概念與關心。而這種現象不僅僅只存在於個人，在企業和國家等組織中也屢見不鮮。

就在今天，知識的爆發已經達到了前所未有的程度，並且變化的速度也正在不斷加快。而這些變化並非只是屬於一小部分人的「專利品」，隨著這些變化飛速地商品化，個人、組織以及共同體都將經歷一場巨大的混亂。這場混亂所產生的最終結果就是，競爭將達到令人難以置信的激烈程度。能適應這種激烈競爭的人們，將擁有無比的財富與榮耀，而無法適應的人們，則將在後悔和貧困中度過餘生。

這種巨大的差異是怎樣產生的呢？我認爲是從對事物的認識差距中產生的。

對於世界上正在發生的變化，你是否眞正將其當作自己的問題，並進行了深入的思考？

爲了接受這些變化，你是否正進行積極的努力？

爲了獲致變化所帶來的機會，你是否對於未來進行具體的準備工作？

對於這三個問題，如果可以擁有積極的態度與堅定的信念，我們就一定可以對未來的世界做好一切準備。但是，對於這三個問題，能夠充滿自信地回答「我、我們的組織，以及我們的共同體正在爲此付出不懈的努力」的人並不多見。

透過這本書，我想要傳達的資訊非常明確。「現在已然發生，並且在未來十年間將益發明顯的世界變化到底是什麼？對於我們而言，這些變化將產生怎樣的問題？」任何人，只要經歷過「覺醒的瞬間」，就會將其想法付諸於實際行動，並爲了實現目標而付出不懈的努力。

撰寫《十年後的韓國》這本書後，最讓我感到欣慰的就是，當看到那些曾經歷過「覺醒的瞬間」的人們，將他們的想法拿出來共同討論的時候。當然，其中也一定有和我的意見不盡相同或截然相反的批判。但無論持有哪種觀點，只要是關於世界變化的持論，就一定會開拓人們的視野，使人們深刻地認識到爲未來做準備的必要性，並付諸實際行動。而這一系列活動所帶來的最終結果就是，使他們能夠在各自的領域中占得先機，並成爲開拓未來、創造未來的主角。

在這本書中，我將個人所感受到的危機感、緊張感，以及直觀和洞察力進行了詳細整理。雖然這本書中所提及的內容，絕非未來將對我們產生決定性影響的世界的全部，但我相信，這本書對於那些正準備航向未來的人們，一定會有所幫助。

我的人生信條之一就是「no investment, no future」。無論個人、組織，或是共同體，都應該儘早爲未來進行投資，沒有投資，也就意味著沒有未來。

我衷心地希望大家能夠經由持續的、計畫性的投資爲未來做好充足的準備，並搶占先機，創造出燦爛、美好的生活。知識的多寡將決定所能察覺世界的大小。祝福大家勝利、成功。

二〇〇五年二月

第一部

世界上正在發生怎樣的變化：

世界的現在與未來

一、世界經濟進入單一市場

韓國，是否將會被排擠於FTA的門外

十年後，世界經濟發展狀況將呈現何種風貌？

從結論來說，彼時的世界經濟將會朝向最終目的地——「單一市場」快速前進。世界各國將在充分考慮本國國情與其他各方面因素的前提下，具選擇性地與協商國簽署自由貿易協定（Free Trade Agreement, FTA），從而形成更具有競爭力的經濟同盟。而由FTA組成的地區市場，也將會轉變成爲更加廣闊的世界市場。同時，這也意味著產品與服務的零關稅時代於焉來臨。不僅如此，擁有積極進行市場開放的政治力量的國家，與不具備這種政治力量的國家之間的差距也必將益形擴大。

二〇〇四年九月，日本與墨西哥正式簽署了自由貿易協定，結爲經濟同盟。這個協定如

果能夠順利地通過兩國議會的批准，則將在二〇〇五年四月正式生效。那麼根據這個協定，日本將對百分之九十五的墨西哥商品調降關稅，同樣地，墨西哥也將對百分之四十四的日本商品調降關稅。

墨西哥方面決定對日本的鋼鐵產品進行階段性的關稅調降，而在汽車方面，則決定從雙方簽署自由貿易協定的第七年開始實行免關稅進口。相同地，日本也決定立即將自墨西哥進口的檸檬、番茄、菸草以及咖啡等產品全面取消關稅，而肉類與成衣類等產品的進口量也將逐年增長。兩國還協定在某個時期同時取消對方的關稅，進而建立一個互利互惠的單一市場。

日本對墨西哥全面開放農產品市場（日本的平均關稅率雖然是百分之六．九，但農產品的關稅率卻高達百分之十八．六），而墨西哥也與日本達成協定，將動用所有的可行措施，為日本的工業產品進口掃除一切障礙。如此一來，雙方的市場都將獲致拓寬，以達雙贏的效果。

所謂「自由貿易協定」，就是國家之間為了和緩或取消一切阻礙貿易發展的稅金、制度、慣例，以追求雙方共同的利益為目的，從而簽署的一項合作協定。這個協定的主要特點之一就是，對於沒有簽署協定的非會員國，有著極大的差別化與排他性，並徹底封鎖非會員國接近市場的可能性。正因為這個特點，類似我國（韓國）這樣對出口依賴性甚深的國家，才會更加關注自由貿易協定。如果不對協商國家進行直接投資的話，企業甚至會失去市場本身。

讓我們來聽一段在日本與墨西哥簽署自由貿易協定的時候，訪問過墨西哥城的K先生曾經說過的一番話吧！

「不過就在去年，我們還能在十個人中找到一個使用韓國輪胎的顧客，而今年，不要說顧客，甚至連韓國生產的輪胎都找不到了。」

是的，在墨西哥的輪胎專賣店裡，我們再也無法找到韓國生產的輪胎產品。在韓國輪胎製造業中屬於龍頭企業的K公司，二〇〇三年曾在墨西哥銷售了相當於一千五百萬美元的輪胎產品。然而在二〇〇四年，該公司的銷售額居然爲零。這個恥辱的業績是由於從二〇〇四年一月份起，墨西哥當局將輪胎製品的關稅（百分之二十三）由綜價稅（價格乘以稅率的關稅計算方式）改爲綜量稅（根據重量大小的關稅計算方式），關稅率突然調漲至百分之六十以上所致。根據K公司的墨西哥分公司社長透露，當時他們還甚至討論過是否需要撤離墨西哥分公司的問題。

在中南美國家中，除巴西以外，墨西哥可說是韓國最大的貿易國，但現在在墨西哥，韓國企業已淪落至被排擠的地步。在與美國以及歐盟（EU）三十多個會員國簽署了自由貿易協定，並且大部分商品都獲致減免關稅的特殊待遇的墨西哥，韓國企業不得不嚥下虧本的苦果。

不僅輪胎製品，汽車的問題也同樣嚴重。在墨西哥，一年的汽車銷售量超過一百萬輛，是所有汽車生產商都緊盯的一個龐大市場。可是，我國的汽車生產企業卻執拗地認爲「直接進入墨西哥的汽車市場是一件不可能的事」。

隨著墨西哥在二〇〇四年開始對汽車市場進行開放以來，墨西哥政府已經提高未簽署自由貿易協定的非會員國的關稅率百分之五十。但在另一方面，則對GM、福特、豐田、本田等已經在墨西哥建廠生產的十二家企業專門制定了一個特別法，對於相當於本地工廠汽車生產量的百分之十的汽車進口配額，給予無關稅的特惠政策。

同樣地，建築公司也經歷了相似的悲慘命運。從二〇〇二年年末開始，墨西哥推出了公共建築的投標專案，但卻規定只有與本國簽署了自由貿易協定的國家才有參加競標的資格，這也意味著韓國建築企業連參與競爭的機會都沒有。

「事態再繼續發展下去，我們國家將會成爲FTA的走失兒童。出口已經停滯不前，政府與國民爲什麼還對FTA如此地漠不關心?」

這是國內某家建築公司駐墨西哥公司的法人代表曾經發過的一句牢騷。

家電企業的情況也是一樣。在墨西哥城近郊，一家百貨公司的家電賣場，LG、三星的壁掛式電視與手機等家電產品，雖然按照種類陳列得琳琅滿目，但卻很難找到小容量洗衣機的蹤影。這是因爲墨西哥對於未滿十公斤的產品收取百分之三十關稅的緣故。L電子公司駐墨西哥法人代表說：「要不是已經在當地建立了工廠，那麼現在將會因爲差別性待遇的問題而更加束手無策。」

因此，市場理論也適用於自由貿易協定。如果爲了保護本國的某些特定產業，卻使得本國其他的產業出口受到不良影響的話，那麼我們所有人都應該站在一個全新的角度，重新去理解所謂「市場開放」與「自由貿易協定」究爲何物？

全球颳起自由貿易協定風潮

以美國爲中心的世界各經濟發達國家，原以爲他們很容易就能夠使更多的國家接受自由貿易，並引起政治共鳴。但是在經過了對市場改革必要性的說明與作出政治決定等過程之後，他們逐漸地明白到想要達成共識，要比原先預估的耗費更多的時間與金錢。

反對世界化與市場開放的人們的呼聲越來越高；而在國際貿易機構（WTO）會議召開的地方，與會者甚至已經到了不得不注意自己人身安全問題的嚴峻程度。而目擊到這一切的發達國家，也終於明白了自己之前是如何地過於樂觀。不止這些，杜哈發展議程（DDA，是繼烏拉圭回合談判之後的又一個新的多邊貿易協定）的協商進程也陷入僵持階段。而連續發生了這些未能於事先預料到的事件之後，西方的發達國家也似乎開始將政策迂迴至WTO與FTA並行，或是更加側重FTA的方向上來。特別是二〇〇一年，美國進入布希政府執政時期之後，採取迂迴策略的美國，依靠FTA在市場單一化上發揮了決定性的作用。

「二〇〇一年，布希總統執政之後，美國通商政策的基本方向由多邊貿易協定的大框架，迴旋到通過雙邊或地區性貿易協定的簽署，從而達到貿易利益最大化。至今為止，美國一直採取WTO多邊貿易體制與地區貿易協定的平衡並行的發展方式。可是，隨DDA會議遲遲無法通過最終決議，這也暗示美國雖然基本上仍然是促進WTO協商，但今後，他們會更加積極地促進FTA的簽署工作。」〈二〇〇三年世界主要國家的FTA推展動向〉，貿易協會研究所）

如果我們仔細觀察自由貿易協定的最近動向，就能夠大致推測出將來世界會發生怎樣的變化。二〇〇四年五月，又有匈牙利、波蘭、馬爾他等十個國家陸續加入了歐盟，使自由貿易區域擴大到二十五個會員國，這一切，都使我們相信歐盟將成為世界上最大規模的經濟圈。不僅只是位於歐洲的國家，歐盟為了與非洲國家、加勒比海沿岸國家、東南亞國協（ASEAN）、南美共同市場（MERCOSUR：巴西、阿根廷、巴拉圭、烏拉圭、玻利維亞等國家聯合組成的關稅同盟）等國家與聯盟簽署自由貿易協定，目前正積極地展開各種作為。

美國又如何呢？以北美自由貿易協定（NAFTA）為中心，由三十四個國家組成的全美自由貿易地帶（FTAA）正在積極地推展，目標是二〇〇五年達成協定。而與澳大利亞、摩洛哥等國的自由貿易協定也正在協商當中。長期來看，與中東、ASEAN的自由貿易協定的簽署，也是勢在必行。

南美共同市場與安第斯共同體（祕魯、玻利維亞、哥倫比亞、厄瓜多爾、委內瑞拉等國家組成的經濟圈）也於二〇〇三年十二月簽署了自由貿易協定。

另一方面，東南亞國協爲了在二〇一〇年之前在該區域形成一個單一市場，正在努力進行各項配套工作。特別是中國、日本、印度等國家，爲了掌握亞洲經濟的主導權，極力爭取與東南亞國協簽署自由貿易協定。南亞區域合作聯盟（SAARC）也於二〇〇四年與南亞自由貿易地帶協議簽署自由貿易協定。根據該計畫，二〇〇六年開始降低關稅，在二〇一〇年建設成一個擁有相當於世界五分之一的十三億人口的自由貿易地帶。

各個國家在簽署自由貿易協定這個問題上，都秉持著積極的態度。雖然想要使全球成爲整個單一龐大市場還需要很長的時間，但是，近來正在積極促進的自由貿易協定，對這一天的提前到來將會發揮極其重要的作用。特別是像韓國這樣對出口依存度較高的國家，更應重視與協約國簽署互利互惠的自由貿易協定。

世界自由貿易協定締結動向（由左至右，由上到下）

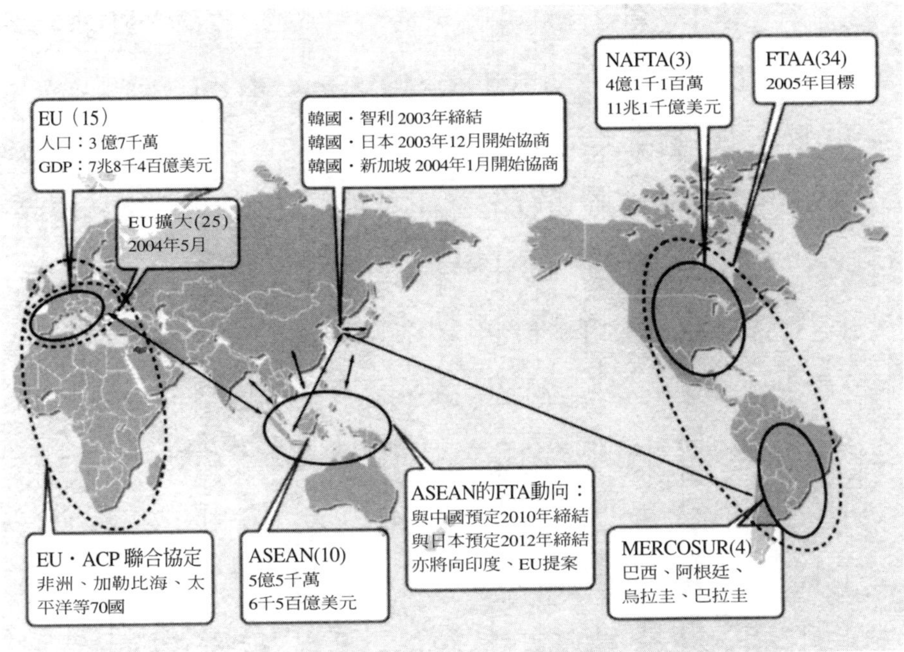

出處：《世界農業新聞月刊》，韓國農村研究所，2004年2月

為了在市場開放的時代存活

雖然仍僅處於討論階段，但中國、韓國、日本簽署東北亞地區三國間的自由貿易協定將是不可避免的趨勢。當然，由於各國之間與各種產業之間的利害關係錯綜複雜，操作起來必然會遇到很多阻礙，但在總體形勢上來看，三國共同簽署自由貿易協定的這一天是指日可待的。

歐盟人口為四億五千萬人，NAFTA人口為四億二千萬人，而中、日、韓三國的人口共計十四億六千萬人，約占全世界人口總數的百分之二十四左右。顯而易見，東北亞是一個歐盟與NAFTA不能相提並論的巨大市場。GDP方面，東亞三國的GDP總和也達到了世界的百分之十九，這個規模同時也達到了歐盟的百分之七十三與NAFTA的百分之五十．五。三個國家只要把市場合併為一個整體，那麼就會獲致相當龐大的經濟果效。根據二〇〇三年召開的東亞三國高峰會談上公開的一份報告《二〇〇三年中日韓FTA共同研究》中表示，如果三國間簽署自由貿易協定，則韓國對中國與日本的出口量將持續增長，經濟增長率也會提高二到三個百分點。

當然，除了良好的經濟效果以外，對於各項產業也必然會產生一些不良影響。進口量不斷增加的產業會受到相當大的損失；而種種政治性的利害得失問題也會隨之產生。

這份報告書上中還預測，如果三國正式簽署了自由貿易協定，那麼韓國的農業將會萎縮百分之八到十左右；占全世界稻米總生產量百分之三十二～三十五的中國，將以不到韓國稻米百分之二十的價格進攻韓國市場。八十公斤的韓國稻米價格假設爲十六萬韓元，則中國稻米價格只不過在三萬韓元左右。近幾年來，中國在以「東北三省」爲中心的產糧地，配置了現代化的稻米加工設施，這使得中國的稻米生產費用降低到美國的百分之五十左右，創造了超低價的紀錄。在稻米市場完全開放的日本，中國稻米的市場占有率，已經從一九九五年的百分之二十二・三上升到二〇〇三年的百分之七十八・八。

從一九九四年起，韓國政府已經在農、漁對策與農村體制改革上投入了九十兆韓元，並且目前仍在收購秋糧上，每年投入一兆五千億韓元的資金。但在降低價格方面，卻顯得心有餘而力不足。一旦簽署了自由貿易協定，稻米市場就將面臨開放，那麼勢必會有大量價格低廉的中國稻米，源源不斷地湧入韓國市場。雖然廉價的稻米對於消費者而言是一件好事，但對於韓國靠生產稻米爲生的農民們來說，將會遭受到極大的損害。

雖然政府可以依據特殊政策，對於特定的產業給予暫時性的保護，但是從長遠來看，不具強大競爭力的產業，在未來以市場合併爲主流的時代中，必然要遭到淘汰。農業只不過是其中的一個產業而已，並且，能夠在體制上受到保護的業種畢竟非常有限。

時值今日，具有核心競爭力的企業，可以得到市場擴大而帶來的巨大利益。反之，不具備這些競爭力的企業，則必將深陷體制改革的漩渦之中。在市場開放與隨之產生的激烈競爭中，企業爲了生存，勢將無法發揮出最大的效率，而在這個過程中產生的失業者人數也將會不斷地增加。

反對市場開放的少數團體呼聲越來越高，這些缺乏理性的行爲說不定會使現實中的人們對市場開放產生誤解，並且使民粹主義的色彩變得更加濃厚。這樣下去，沒有任何好處，只會使財政與稅金的負擔不斷加大。而最終，這些財政資金與稅金，還是要靠大多數無法形成組織的消費者們來分攤。

善自對應，此刻起，再也不存在任何保護膜

那麼，我們現在應該做些什麼樣的準備呢？

作爲個人，我們應該將「世界正處於開放的狀態」這個理念時刻放在第一位。要有危機意識，雖然目前沒有任何困難，但是在將來全世界將完全開放的狀態下，我的主力產品還能否繼續保持足夠的競爭力？這個世界將不再需要只有在受到保護的市場中才具有競爭力的商品。爲了不斷提高自身的價值，要積極地做好各方面的準備。對於他人或社會，不要有一絲

一毫的期待感。應該「善自對應，爲將來做好準備」。我們正處於一個除了競爭力以外，任何東西都無法被依靠的世界。

一個經過長期徹底的準備、具有核心競爭力的組織，也必然會對市場的擴大而感到興奮；不具備知名品牌和核心技術的企業，則會陷入反覆的惡戰苦鬥當中。這是因爲它們要在沒有任何保護膜的情況下，與世界上最優秀的企業競爭之故。如果想要在這場競爭中勝出，除了不斷地爲未來開拓進取以外，還有什麼好辦法呢？

最後，共同體已經充分認識到整合市場的不可避免性，並對此達成了共識。但是，當國家無法接受或拒絕這個觀念的時候，就應該立即降低爲此而付出的社會費用。當然，對於一些很難用眼睛直接確認，或者雖然現在並無異常，但將來可能會給我們帶來極大麻煩的問題，想要保持清醒的頭腦也不是一件容易的事情。可是，如果我們對於將來可能產生的問題，不能及時做好對策並給予解決的話，最終等到所有的費用都已經支付之後才想補救，已經後悔莫及了。現在，讓我們不要再繼續浪費時間，在以市場整合爲大趨勢的世界新潮流當中，爲解決我們共同體的結構性與本質性問題而努力吧！

二、重組的亞洲經濟

憑藉核心競爭力與美國競爭的日本

在上個世紀九〇年代，附加價值的根基由以「製造」爲重心的產業開始向諸如概念、象徵等不可見的以「資產」爲重心的產業移動。在二十一世紀的最後十年中，世界上掀起了劇烈的資訊通信革命，再加上日本經濟的長期不景氣，經濟重心也出現由製造業脫離的傾向。而以網路開發和ＩＴ產業蔚爲風潮的九〇年代，韓國經濟也走上了同樣的道路。再加之韓國經歷一九九七年金融危機，爲求取生存，付出舉國上下的努力之時，不可否認地，亦曾失去面對未來將如何前進的方向感。但是現在，新的秩序正在形成，我們也應該把眼光放得更長遠一些。只有正確地理解這個全新形成的秩序，我們才能醒悟、自覺自己的實際面貌，並以此爲基礎，爲將來做好充分的準備。

上世紀九〇年代，當後工業化時代全面展開的時候，在日本等以製造為中心的社會中，到處都充斥著沒有為適應新環境做好充分準備，因而發出的自責與批判的聲音。其中，認為日本經濟不會再次騰飛的聲音則占據了主流。當然，現在仍然還有大部分人認為，日本由於高齡化問題、財政赤字、金融產業的各種問題，想要再次回到快速發展的軌道上是非常困難的。

即便如此，日本仍然是與美國、中國、印度等國家共同處於亞洲圈內形成的新秩序的軸心；而日本依然能夠安處在後工業時代的祕訣，就是他們掌握著製造方面的核心技術。這是因為，雖然知識性產物本身也具有經濟價值，但更多的情況是要通過製造的過程來完成價值。以韓國的主要出口產品——液晶顯示器為例，日本占據著全世界液晶製造設備的百分之九十的銷量，而百分之九十四的PDP零件也是由日本供給的，這充分顯示日本在該方面的技術優勢。

日本著名的經濟評論家、二十一世紀政策研究所理事長田中直木曾對日本企業的優點做過如此的評價：

「在生產現場之間的相互連接或整體性的管理、維持品質等方面，日本產業的『經驗知識』要比其他周邊國家更具有優勢，更何況這些在生產現場中得到的經驗知識，即使在歐美等發達國家也很難找到。」

後工業時代的中心國家當然是美國。作爲在金融、法律、諮詢、品牌、設計、商務模式、標準設定等利用創造力與想像力的高科技服務行業占主導地位的國家，美國此刻的地位已然鞏固。不過二億五千萬的人口，卻創造出占全世界總數百分之八十的科學產業專利。法國的知識界權威凱日・索爾曼先生曾經這樣說過：「雖然依據不同的狀況會有所不同，但在今後的數十年內，美國仍然有許多客觀指標可以保障它的快速發展，未來的世界將會比過去變得更加美國化。」

這個祕訣到底是什麼？雖然能夠總結出許多原因，但最重要的當數卓越的教育制度。美國哈佛大學的傑佛理・薩克斯說過：「美國的高等教育體制是全世界最優秀的。」在這種激烈的競爭與尊重創造力的教育環境中成長的人才，正是推動國家不斷向前的力量。任何一個國家想要趕上美國都相當困難，但是日本卻在後工業時代具有了連美國都不能忽視的固有核心競爭力，並將以此與美國形成分業關係。

「中國威脅論」的真相

領土廣闊、資源豐富、接近於無限大的勞動力、具有壓倒所有競爭商品的價格競爭力，中國已經成爲一個不得不正視的強大存在。「中國威脅論」始出於日本，並在日本逐漸成爲意識的主流。而實際上，日本也的確有許多家中小企業在與中國企業的價格戰中最終失敗、破產。美國著名的波士頓諮詢公司（BCG）最近發表分析預測：在今後的十年中，中國將繼續保有強勁的成本競爭力。在美國或歐洲，一般從事生產的工人一個小時的薪金是十五到三十美元，而在中國卻不到一美元。這樣的低成本即便與墨西哥或東歐的一些國家相比，也屬於極其低廉的價格。從整體上看，西方先進國家與中國的薪資收入比例約爲二十比一，這充分說明中國在人力價格上的競爭優勢。而更加可怕的卻是，據波士頓諮詢公司的預測，中國的這種成本優勢還將至少持續十年。

可是，中國爲了維持持續的發展，必定需要日本的生產相關訣竅與原始技術。並且，中國威脅論也需要加以重新詮釋，如此一來，中國反而會對日本的經濟起幫助作用。因爲只要日本一直持有生產的原始技術，那麼中國的高速成長中的體制改革與需求量的增大，會自然而然地使日本的製造業重新恢復活力。即，中國如果擴大生產，那麼日本就可以持續地向中國提供生產資料與高級生產系統。在日本，雖然中國威脅論幾乎成爲主流觀點，但仍有一小部分人認爲將來可以與中國形成分業關係，原因也就在此。而且，這也將是新秩序的另一條軸線。

將來，日本會將更多的生產設備移轉到中國去。由於本國的高齡化問題與人力不足，將生產設備移轉到擁有更多熟練技術工人的國家，其實也是一種投資。而近幾年，這種投資由原來的韓國轉移到中國的傾向則越來越明顯。並且，中日之間新的分業關係也必定會給韓國與其他亞洲國家帶來一定的負面影響。

對於這種動向，田中直木曾說過一段很有說服力的話語：

日本在國內生產的產品未來將限定在兩種領域：一種是高度技術集約產品，另一種則是工業產品中生產程式比較簡單的產品。而交給中國生產的產品則是一些需要生產者花費一定智慧、進行一定改進的中級技術產品。因此，在分爲高級（技術集約性最高的產品）、中級、低級技術的三種產品中，中國會得到中級技術產品的訂單，而具有一定保密性的高級技術產品與生產相對容易的低度技術產品，則在日本國內生產。……而這種方針的具體實施，則會在二〇〇三年正式開始。由於中國的生產速度提高得非常快，因此，這種認知瞬間就得到了日本國內大多數人的認可與支援。而這種所謂的「差別化戰略」，也正是因爲中國的高速發展而產生的。……綜上所述，我們可以充分瞭解，在日本製造業的立場上，中國的突飛猛進帶來的並非只有負面的影響。（田中直木，《復活的日本經濟是這樣開始改變的》）

從歷史上看，日本是一個在決定國家發展方向上花費大量時間的國家。但同時，一旦這個發展方向形成了共識，就會全民齊心，共同朝著這個方向努力前行。雖然日本社會還存在著一些體制上的問題，但是我們還是可以看到，日本在與美國、中國尋找分業出口上面取得了突破性的成功。

冉冉升起的大國——印度

另一個緊握住後工業時代帶來的機會的國家就是印度。印度憑藉著英語語言的優勢，以堅實的資訊技術、豐富的人力以及低廉的勞動力爲基礎，發展成爲其他英語國家的海外基地，在顧客服務和各種軟體的生產、流通行業中快速地發展著國民經濟。美國《紐約時報》的國際事務專欄作家托馬斯．弗瑞德曼，曾經引用登載在印度周刊《*Outlook*》上的一篇題爲〈The Zippies are Here〉的文章中的一段話：

我們在十九世紀六〇年代曾與「嬉皮」（社會離脫行爲的青年層）們一起成長。而在八〇年代，我們當中又有許多人因爲尖端技術革命而成爲了「雅痞族」（受過高等教育，生活在城市近郊，有著專業知識與技能的高薪階層的青年層）。但是在二十一世紀的現在，請你一定要繫好安全帶，因爲不知道什麼時候你的飯碗就會被Zippy族（注：

泛指利用資訊通信技術、英語、挑戰精神爲武器，不具備任何犯罪意識的階層。此類族群主要由十五到二十五歲的年輕人構成，企圖使印度在國際貿易與資訊通信革命當中，擺脱社會主義的框架，成爲全球性的服務中心。他們居住在印度的都市或都市近郊，從事各種專門性的業務，形成一群薪資比起美國專業人士極度低廉的人力。另，印度人口的百分之五十四在二十五歲以下）搶走。

這亦即意味著你現在所進行的資料處理、X光檢驗、會計以及法務等事務，印度或中國的Zippy族也可以從事。據預測，至少會有一部分已經習慣於高年薪、受過良好教育的美國人將會失去工作，或是被迫接受減薪，又或者成爲無法得到健康保險的非正式員工。（托馬斯・弗瑞德曼，《紐約時報》，二〇〇四年二月二十二日）

二〇〇四年美國總統大選的時候，曾經成爲爭論之一的問題，就是美國人的工作機會正在向海外流失。而製造業的共同化現像，同樣在高科技服務行業中形成相似的模式。在印度的班加羅爾從事IT行業的工程師近十五萬人，這個數字甚至比美國矽谷的十二萬名還多。而且，這十五萬IT工程師中，近三分之一是爲美國的大企業工作。是否還要繼續容忍工作機會的流失？這個問題一直在美國社會中引起爭論，將來也可能成爲政治的導火線。

《商業周刊》報導了一則關於印第安納州政府與印度的塔塔諮詢服務公司（TCS）全

面解除了一項價值一億五千萬美元諮詢契約的消息。此即由於美國人工作機會的流失問題，引起了通信業工會的強烈反彈，從而使印第安納州政府最終放棄了這項契約。

在美國，從事IT行業的工作人員中，約有二十三萬四千人無法找到工作。姑且不考慮經濟成長，大多數人認爲，美國的失業率一直不能獲致降低的主要原因就是，美國企業對印度等集中多種專門服務行業的國家，進行了過多購併舉措。A・T・科爾尼諮詢公司預測，到二〇〇八年，將會有約五十萬個財務方面的工作機會流向海外。並且，麻薩諸塞州的高科技市場預測機構——Forester Research的報告書表示，由於美國在海外的購併行爲，到二〇一五年爲止將有約三百五十萬個工作機會流失到海外。

根據美國的這種購併趨勢，印度將成爲最大的受惠國。印度屬英語系國家，並且與美國不過十二個小時的時差，有著業務聯絡方便的優勢。不但如此，在印度還有許多數學和IT方面的優秀人才。最近，《金融時報》引用印度資訊通信部長——達亞尼第馬蘭的話，做出這樣的預測：在二〇〇四年一年中，印度的購併出口就將達到一百二十億美元，而到了二〇〇五年則會擴大到二百四十億美元。

以位於班加羅爾的高科技外購公司——惠普羅（Wipro）爲例，僅在二〇〇四年第三季，就與美國的十九個公司和歐洲的八個公司簽署了新契約。同前一年同期業績相比，利益增加了百分之四十四。包括新近雇用的五千五百名員工，公司的總人數達到了三萬七千名，向世界展示了他們雄厚的科技力量與人才實力。

無獨有偶地，著名的麥肯錫諮詢公司也通過詳盡的分析，預測到二〇〇八年爲止，印度在與IT行業的服務與行政管理（back-office）業務方面的相關商務出口額將達五百七十億美元，是現在的五倍。而由此產生的四百餘萬個工作機會則將占到GDP的百分之七。印度的崛起並非通過天然資源或大規模的設備投資，僅僅利用高級人才，就在後工業時代的分業構造中取得了輝煌的成果。

重組的亞洲經濟，韓國的位置在哪裡？

在亞洲經濟的新秩序中，韓國將爲自己選定一個怎樣的位置？在要求創造性的知識集約型的服務行業，想與美國縮小差距非常困難，而憑藉原始技術或核心技術與日本一爭長短，也不是一件容易的事情。同時，韓國又不具備與在單純製造業方面同擁有大量廉價勞動力的中國競爭的實力，而在關於行政管理的專業服務行業上面，又因爲屬於非英語系國家，而不得不向印度低頭。

「韓國號」到底將會駛向何方呢？在網路與高科技公司盛行的時候，我們雖然對這些行業充滿了期待，可是馬上又明白了，這只不過是一個莫大的幻想。那麼，我們要的答案到底是什麼呢？韓國需要在知識集約型的製造與服務行業找到答案。可是，人們又擺脫不掉韓國製造業的土壤已經變得貧瘠、在這個領域中韓國已經落伍的成見。如果說還有希望，那就是那些能夠在交易與製造業中創造出大量財富的人力資源仍然留在國內。可是，我們必須懂得正確地使用這些人力資源。而為了完成這一切，國家則需要提供政治上的安定與自由的商務環境。而國家是否能夠為經濟的再次騰飛提供充分的條件，也是一個劃時代性的課題。

中國與日本之間的裂縫也是值得研究的地方。中國與日本存在以語言或客觀資料難以表達的「心理裂縫」，而這個裂縫可能會成為歷史遺產的差異，也可能成為亞洲發達國家之間的爭端，也有著其他複合性的原因。即使兩國的政府正在努力地維持著兩國的良好外交關係，但是兩國的企業家們如果想要做到良好的合作，則仍需要一段相對較長的時間。

在這樣微妙的關係之下，韓國應該努力與日本結成更加緊密的關係。積極改善韓國國內的企業環境，為韓國將來與日本及中國確立分業關係時增添籌碼。現在，韓國正處在需要國家性戰略的轉捩點。

三、蓬勃的中國——來自大陸的威脅

中國的經濟地位在世界上舉足輕重

關於中國人民幣的貶值是否會導致經濟危機的爭論，曾經使世界喧譁了好一陣子。就在這個傳言轟動一時的二〇〇四年五月二日，美國《紐約時報》的國際事務專欄作家托馬斯・弗瑞德曼，曾經發表過一篇名爲〈爲中國的祈禱文〉的文章，成爲當時的熱門話題。除去作者的諷刺與詼諧以外，這是一篇能夠讓人們充分瞭解，今天的中國在世界經濟中所占的分量以及中國經濟重要地位的文章。全文大意如下：

在天上的父啊！請保佑中國的指導者胡錦濤主席身體健康，並繼續維持中國的安定吧！在全世界各地受到中國的衝擊而發生崩潰之前，請保佑他能夠對於中國金融的構造調整、銀行龐大的呆帳問題，以及反腐倡廉工作更加關注並給予解決。也請您賦予他智慧，使他能夠防止經濟停滯，並中止瘋狂的出口，增加進口，使過熱的中國經濟降溫。

仁慈的主啊！還要請您原諒我們近幾年一直使用「北京的屠殺者」這個惡劣的詞語稱呼中國的指導者們，這並非我們的本意，現在我們決定稱他們為「北京的銀行家」。這是因為中國的經濟不但促進了亞洲整個地域的經濟發展，使日本的經濟得到復甦，而且還吸收著來自各個區域的進口商品，成為世界上首屈一指的消費大國。

請您一定要保佑中國的指導者們長生不老，人人活到一百二十歲。並幫助他們在有生之年，每年都能夠把經濟增長率保持百分之九。眞心感謝您，我們的天父。阿門。

正如托馬斯・弗瑞德曼所指出的一樣，今天的中國不但提供著巨大的內需市場，並且像海綿一樣吸收著來自世界各地的資本。今天，中國的經濟一旦發生動搖，世界經濟也會隨之發生巨變，這也充分地說明了中國經濟在世界經濟中所占的比重正在不斷加大。在注意到中國的製造行業有著巨大內需市場和廉價的勞動力兩大優勢之後，國外的企業也源源不斷地湧入中國，分食這塊大餅。中國不但成為了「世界的市場」，同時也成為了「世界的工廠」，對世界經濟成長發揮強勁的推動作用，並且在未來很長的一段時期內，中國一直會在這個角色上發揮作用。

中國從上世紀七〇年代末期開始實施改革開放政策，八〇年代的年均增長率達到了百分之十・一。而九〇年代的年均經濟增長率雖然略有下降，但也達到了百分之九・五。隨著經濟的持續增長，收入也在不斷地增加，同時也擴大了進口市場的規模。中國的進口市場增長率高達百分之十・七（一九九五～二〇〇一），這個數值要比美國的百分之七・四與世界的百分之四・四都高出許多。

同時，中國正在不斷地吸引著大量的外資。世界的主要大企業紛紛將生產基地、區域總部以及研發中心設在中國。據《北京新報》二〇〇四年六月二十四日的一篇報導，通用汽車公司（GM）的亞太地區總部，由新加坡轉移到了上海。對於這次總部移轉，通用汽車公司的CEO瓦格納做出了這樣的解釋：在亞太地區的業務中，對中國、韓國與日本的業務占百分之八十五的比率。而這次轉移也正是爲了與這些戰略合作夥伴維持更加緊密的關係。

通用汽車公司已經與上海汽車工業總公司建立了合作關係，並且在中國境內設立了六個合資企業，這使得上海汽車工業擁有了能夠生產從小型汽車到高級汽車的多種生產線，並且在中國汽車市場占有率上高居第二位。當然，對於韓國來說，最引人注目的則是上海汽車工業總公司收購了韓國雙龍汽車公司。

對於上海汽車工業總公司成功地收購了韓國雙龍汽車公司一案，韓國國內的輿論普遍認爲，隨著收購的成功，韓國雙龍汽車公司的吉普車和多用途四輪驅動越野車的技術也將毫無保留地流失到中國，使得中國再次獲得了與韓國拉近技術差距的機會，並紛紛對此表示遺憾。而我則對這一收購事件有著不同角度的看法：在中國製造的汽車進軍韓國市場上，雙龍汽車很可能起橋頭堡的作用。即，在這次收購事件中，上海汽車工業總公司不但收購了雙龍汽車公司的汽車，同時也完整得到了在韓國的營業網與售後服務網。

現在，包括韓國的主力出口產品類的半導體、汽車、鋼鐵、手機、一般家電等所有產品，已經無法再迴避與中國製造的產品進行正面的競爭。我們可以通過報紙、電視等新聞媒體知悉，韓國在外國曾經占有的市場比率正在不斷地被中國製造的產品蠶食。但是，如果連在韓國國內，汽車等產品的市場也開始被中國產品侵占的話，這就上升至另一個層次的問題了。

最近，韓國貿易振興公社（KOTRA）發布了伊朗政府允許從中國四川吉利汽車公司進口四百一十輛汽車的消息。而四川吉利汽車公司也宣稱，二〇〇四年預定向伊朗出口的汽車中，僅一千西西的「吉利」家用汽車就達到了二千輛。據估計，中國家用汽車的年生產量將在二〇〇七年達到五百九十六萬輛，而在二〇一〇年，則將達到七百三十七萬輛，可是國內市場的年需求量分別僅爲二百五十萬輛與三百六十萬輛。這樣一來，將會有三百多萬輛汽車無法在國內市場賣掉，從而轉向世界市場。也許在某一天，我們睜開眼睛，卻發現在首爾市內到處都能看到產自中國的汽車。而更加可怕的是，這一天的到來也許遠比我們預期的還要早。我們也無法阻止國內的消費者購買中國汽車的消費行爲，因爲具有相同的性能與安全性，但在價格上卻遠比韓國汽車低百分之二十到三十的中國汽車，肯定會更加受到消費者的青睞。

不僅僅是汽車行業，在大部分領域中，中國一直在尋找能夠解決設備過剩的辦法。但是直到現在，除了出口以外，中國還沒有找到能夠合理控制這個問題的手段。如果考慮到這一點，在「中國生產的商品是否將成爲韓國商品降價的決定性因素」這個問題的答案上，已經洞若觀火。中國的崛起，也會在完製品市場上，針對韓國製造還是中國製造引發激烈的競爭。

來自產業研究院的一份報告顯示：「二〇〇四年四月，中國政府發表了新版的『汽車產業發展政策』。到二〇〇七年爲止，中國汽車產業不僅在家用汽車行業，而且在包括商用汽車與汽車零件等諸多汽車產業中，年出口額計畫達到七百到一千億美元的規模。並且，據估計，中國的汽車產業爲了防止出現生產過剩與內需萎縮等問題，將會推行循序漸進式的出口產業化戰略。」據業者預測：「隨著中國對汽車零件產業的積極扶植，在技術力量上將更進一步地把中國汽車於二〇〇六到二〇〇七年全面向世界市場投放，這將嚴重威脅韓國的汽車產業。」

中國汽車企業的過剩設備最終只有投入到海外市場，而在這個過程中，他們巨大的價格優勢將會對其他同類商品以及其他國家的競爭者構成極大的威脅。作爲技術集約型商品中的一種，汽車產業未來的發展趨勢，也會對預測技術含量相對較低的行業中將會發生什麼樣的變化，起很大的影響。

中國經濟會歷久不衰嗎？

在價格競爭戰中處於劣勢的企業紛紛將工廠轉移到了中國，由此引發了產業共同化與失業率升高的種種社會問題。而這些問題也正是我們國家正在面對的困難。

雖然目前韓國的失業率是百分之四，但如果包括臨時工與放棄求職的人員數量，實際失業率將高達百分之十五。這就意味著在從事經濟活動的三千五百萬人口中，有四百五十萬名以上處於失業狀態或從事著臨時性工作。而韓國國內工廠大量轉移到中國的情況下，使得只有百分之五的人員能到中國工作，而其他百分之九十五的職員將被解雇，成爲失業者。

隨著事業環境的不斷惡化，生產基地向中國移轉也成爲不可阻擋的大趨勢。某位企業家曾經舉了一個簡單的例子來說明生產工廠向中國移轉的不可避免性：

「將工廠轉移到中國，首先可以節約大筆的固定費用，而在固定費用當中所占比重最大的就是勞動薪資。現在韓國國內的大學生畢業後，最基本的年薪在五十四到六十萬台幣左右，如果按六十萬來算，就意味著每人每月的平均勞務費爲五萬元左右。但是，在韓國企業家們都非常看好的建廠地——中國上海，大學生畢業後的月薪一般只有一萬二，那麼一年下來也不過十四萬四千元，這是一個還不到韓國平均年薪四分之一的水準。那麼，現在我們就假設在中國與韓國分別建立一個工廠進行比較。

「假設這兩個工廠的員工都是一百人，那麼比較他們每月支付的勞動薪資，韓國爲五百萬台幣，而中國只需要一百二十萬就夠了。工廠正常運營一年之後，中國工廠的生產性將達韓國工廠的百分之七十。即使我們在彌補百分之三十的損失方面再多投入百分之三十的勞動薪資，那麼一個月的勞動薪資一百二十萬再加上百分之三十，也不過只是一百五十六萬。最終，我們在中國工廠投入一百五十六萬的人力費用，就能達到與投入五百萬的韓國工廠相同的生產性。這就充分說明我們沒有理由一定要付出比中國工廠高出三倍還多的薪資，還要固執地在韓國經營工廠。

「而在另一個方面，爲了有效地占領中國國內市場，我們的企業也需要進入中國。無論是哪個企業都一定能夠感覺到韓國內需市場的極限。因爲國內市場太小，因此所有的企業都在尋找更大的市場。而在我們想要占領的市場中直接投資建廠的話，則會享受到與當地工廠相同，甚至更好的特惠政策，並且還不用繳納關稅。韓國出口價值三十萬元的機器時，平均要繳納百分之八的關稅，如果再加上其他的運送費用與附帶費用，總共需要繳納百分之十三的費用。而這些費用需要直接從機器的價格反映出來，原本三十萬元的機器的價值變成了三十三萬九千。沒有任何消費者願意購買性能相同、價格卻更昂貴的商品。除此之外，中國在勞資環境或人力資源等方面，都有著很明顯的優勢。」

如果我們能夠改善國內的事業環境，那麼就會大爲減緩國內企業將生產基地向中國移轉的速度，同時也會有充分的時間來對產業體制改革進行大幅度的調整。

即使生產基地紛紛轉移到中國，但我們仍然可以選擇將研發中心等部門留在韓國國內，這也是可以確保我們技術優勢的一個方法。可是現在，研究開發領域逐漸向個人化發展，由個人掌握核心技術的情況也越來越多。再加上對公司的忠誠度不斷地降低、個人主義傾向越來越嚴重，很有可能造成擁有先進技術的人才大舉「帶槍投靠」中國企業的局面。這也意味著技術移轉要比以前更加容易進行。如果通過策反少數的技術人才，就能縮小與競爭企業之間的技術差距的話，無論哪個企業都不會排斥這種做法。中國以尖端產業爲中心，已經開展了積極的行動，並且將來還有可能採取更積極的行動。

那麼，我們在服務行業能否確保對中國的競爭優勢呢？這也跟我們想要確保製造業的優勢一樣，是一件非常困難的事情。韓國雖然在金融、資本、教育、醫療、軟體發展、文化、廣告等服務行業仍然保有一定的優勢，但是與製造業相比，第三產業在很長的一段時間內，由於一直得到國家的過度保護，因此在世界市場上的競爭力是非常薄弱的。再加上我們一直沒有在這些發展趨勢良好的領域中果斷地投入商業原理，使其一直沒有形成出口產業化。即使這期間某些人做出了這樣的行動，那麼他們是否能夠說服成天喊著「我們一起行動」等口號的反對者們，也是一個疑問。

「我們應該做些什麼才能生存下去?」到了今天，這個問題越加顯得迫切。我們已經把製造業完全拱手讓給了中國，如果現在處在需要把服務業也讓出去的處境的話，「我們應該做些什麼才能生存下去?」這個問題就將成爲所有韓國國民需要苦惱的事情。如果我們繼續以「這樣做也不行，那樣做也不行」的方式來對待這個問題，遲早有一天我們會在「我們到底能做些什麼?」這樣的問題下變得啞口無言。

當然，中國也無法永遠保持現在諸如勞動薪資或地價等生產因素方面的優勢，中國也無法永遠保證外國企業會不斷地在中國投資。現在中國的實際狀況是：投資不斷持續導致過剩，並且在不考慮回收的情況下，銀行仍繼續向企業大量地借貸資金，從而使得呆帳壞帳不斷增加。如果中國不儘快改善這些問題的話，中國將很有可能遭受到嚴重的經濟危機。現在，在外商大量的投資下，所有問題都會被高速的經濟增長所掩蓋，使得人們無法正確地看到危險，但問題遲早有一天會暴露出來的。

韓國的政策制定者與企業家們一定要充分認清這些潛在的問題。在二〇〇八年的北京奧運會與二〇一〇的上海世界博覽會之後，中國很有可能會經歷一次巨大的考驗。這是因爲在中國廉價的勞動力與低廉的人民幣的作用下，中國會從進入中國的外資企業得到百分之八十的貿易盈餘，在這種情況下，由量的成長向質的成長轉換是非常困難的。回顧韓國經濟的發展過程，能對展望中國未來的經濟發展起到很大的幫助。另外，正享受著中國經濟快速增長帶來的豐厚利益的少數地區，與沒能從中得到任何利益的地區之間的差距正在不斷擴大，這也將成爲造成中國社會不安定的因素之一。就在此刻，來自各地的不平、不滿之聲已經開始爆發。

不過幸運的是，中國一直沒有放鬆提高生產力，利用廣闊的市場爲武器來誘發外國企業之間的競爭，並且還在快速地學習先進技術，改善落後的系統等。即便如此，我們也要清醒地認識到，中國或許會遭遇的危機可能並非只是單純的成長陣痛。因爲這會對韓國，甚至世界的經濟都帶來強烈的衝擊。而對中國越來越高的經濟依存程度，也使得韓國陷入了深深的苦惱當中。

中國不希望看到朝鮮半島統一

中國人的意識中，時刻都存在著強烈的中華思想與華夷觀念。在分裂與統一反覆重演的中國歷史中，中國爲了自身的利益與榮耀，一直進行著將周邊民族的發展史，編入中國統一帝國時期歷史的工作。「東北工程」不但有著侵占他國他民族歷史的嫌疑，並且通過「東北工程」，我們還可以看出中國共產黨將來的發展方向。

二〇〇四年四月二十二日，北韓龍川發生了一起震驚中外的爆炸事件。那時，韓國前國務總理高建曾經在一次接受某電視台採訪時，透露過對這次事件的關注與擔心。他說：「如果北韓現有的政權垮台，我擔心北韓或許會被親中派掌握政權而徹夜難眠。」他說這番話的背景，也正是因爲當時曾經一度風傳，說龍川爆炸是一次對北韓國防委員長金正日的暗殺未遂事件。北韓政權如果由於內部的原因而急速垮台，那麼就可能出現在韓國還沒有做出任何實質性的行動之前，中國的軍隊已經進駐北韓，並與親中派軍方聯手控制局勢的局面。

中國絕不願意看到朝鮮半島在韓國的主導下得到統一，並置身於美國的保護傘下。如果眞的形成這種局面，一直作爲中國的防護層的北韓就失去了它所有的作用與意義。在漫長的邊境線的兩側，中國士兵與美國士兵對峙而立的景象，是中國連想都不願去想的事情。並且，隨著朝鮮半島的統一，在巨大的生活水平差距的作用下，邊境地帶的勢力將向統一後的韓國方面移動。而原本生活在東北地區的近二百萬名朝鮮族，也將受到局勢改變的影響，最終向韓國方向靠攏。這些極有可能發生的事情，將嚴重影響到中國的國家安全。中國政府的智庫——社會科學院世界政治經濟研究所的研究員高洪甚至曾經強調：「如果我們無法阻止美國霸權主義進入朝鮮半島，是不符合中國基本利益的。」他還將中國與北韓的關係比喻爲

「唇齒相依」的關係，間接表明了中國反對朝鮮半島統一的立場。

讓我們想像一下可能出現的情況，親中派掌握北韓政權之後，不能完全排除中國迅速將北韓作為一個自治區編入中國版圖的可能性。因為依據中國與北韓在一九六一年簽署的友好條約，同盟國在受到外來軍事侵略的情況下，另一同盟國將可以自動介入。因此，姑且不論道義方面會有什麼問題，單在法律方面，中國的介入不存在任何問題的。

高句麗研究財團的研究委員尹輝卓曾經強調：「如果高句麗史被編入中國歷史，那麼這就將成為中國在曾經為高句麗領土的北韓地域上，有著自由支配權的證據。」他還分析道：「東北工程，是中國政府為了在將來朝鮮半島一旦出現非常事件，中國將保有優先介入權和行使影響力的餘地，試圖進行的一項『研究』。」

從過去的幾千年歷史中，我們也能看出中國一直對韓國的領土懷有野心。在面對這樣的中國時，美國的存在將給予我們很大的幫助。中國的出口大約百分之四十左右需要依靠美國，而這些出口專案每年為中國帶回一千億美元的收益，這也使得中國無法不慎重地面對與美國的關係。因此，我們必須要努力讓美國不斷地關心韓國，並且盡量使韓、美兩國之間形成友好的外交關係。在這個問題上，韓國的一般民眾或政治人物都必須加強認識。

對於日益蓬勃的中國，韓國應該做些什麼樣的準備？

對於中國，我們應該做些什麼樣的準備？對於這個主題，二〇〇四年八月十五日，《東亞日報》曾經舉辦過一次「八·一五特別座談會」。下面我就將這次座談會的部分發言介紹一下：

孔柄淏：中國對於普遍性原理缺乏基本性的認識，一直追求著霸權主義，並且從未考慮過人權、財產權的問題。如果換作美國站在中國的位置上，還會產生類似「東北工程」這樣的研究課題嗎？我認爲不會。對於中國人用什麼方式認識歷史這個問題，韓國人一定要有著冷靜的思考。如果一旦我們的判斷錯誤，就將受到極大的損失。我認爲在今後的數年間，美國在世界的霸主地位不會動搖。而亞洲因爲缺乏集體安全保護制度，也正處於極其不穩定的局勢。我們必須努力與美國維持良好的紐帶關係，以使我們的生存得到保障。但這裡需要小心的是，持有名分藉口的人們，如果將反美的意識型態不斷擴大的話，將會影響到我們對事物的正確判斷，並最終導致選擇的錯誤。我們不需要浪漫，歷史已經多次證明了浪漫主義只會給我們帶來傷害。韓國人必須從現實主義中重新站起來，因此這是關係到我們生死存亡的關鍵問題。我們的後代是否能在這片土地上繼續生存下去，也和作爲小國的我們，如何在大國之間找到維持平衡的方法有著直接的關係，即使這也許會讓我們感到屈辱。現在，中國官僚們的態度每年都在改變。在這種不利的局勢下，如果形勢需要，我們也應該在國際社會中負擔一定的費用，我們必須在現實主義中獲得重生。

卜鉅一：中國問題的確正在威脅著我們，這一點單從歷史年代表就可以看出來。這並不是中國的問題，而是中國共產黨的問題。中國共產黨是一個非常具有攻擊性的政權，在國共內戰的時候，還曾派軍隊侵略過韓國。這也是朝鮮半島爲什麼沒能形成統一的原因。還有，在與中共軍隊的戰爭中，韓國產生了有史以來最多的犧牲者。鐵三角地帶等激戰地，也都是在與中共軍隊戰鬥時產生的。一九五〇年代末，印度和中國曾經爲了成爲第三世界國家的老大哥，形成了同盟關係。但是一九六二年，中國軍隊對印度發動了戰爭，直到今日，仍然占領著印度當時的部分失地。中國還曾經單方面向緬甸發動戰爭，並占領其土地。在中蘇邊境線上也曾經發生過戰鬥，這是與監護者的戰爭。中國還曾經與被監護者——越南發生過戰爭。在西域，中共還鎭壓過維吾爾族，並強占了西藏地區。就在現在，中共又企圖以武力占領台灣。哪裡有不顧他國民眾的意志，以歷史爲藉口發動戰爭的國家？在沒有任何對策的情況下，與中國維持和平發展的關係？那是一種不成熟的表現。再怎麼不成熟也應當有個限度啊！年過四十的政客不在少數，可是頭腦裡卻什麼都沒有。最近中國與日本在足球上發生的問題也一樣。中國一邊高喊著社會主義口號，一邊引入市場經濟理念，在無法解釋的情況下必將高舉民族主義大旗，否則中共的統治地位就將不保。

舉例而言，從所謂機會的巨大市場的形成開始，到中國企業對韓國的相對優勢產業展開的波狀形攻勢，再進一步到中國政治影響力的日益加大，中國的飛速成長不斷對我們拋出一道又一道的難題。從過去漫長的歷史來看，從未在中國的影響力下眞正脫離出去過的韓國，應該怎樣做才能避免遭受來自中國的衝擊，並作爲獨立國家維持自身的繁榮與地位？這是一個擺在我們面前非常緊迫又棘手的問題。這決定於韓國企業能否持續保持與中國企業一定的技術差距。即，在新興產業中，我們能否找到適合韓國成長的土壤。我們必須自己努力來保持自身的競爭力。

在中國有著接近無限大的豐富人力資源，這就意味著在韓國，不具備特殊才能的人們，直接收入將日趨減少。我們必須培養能夠在瞬息萬變的市場中隨機應變的人才，強化已經進入勞動市場和將要進入勞動市場的人才的力量，以求持續地創造出附加價值。

四、美國——無與倫比的強國

美國真是暴君嗎？

傳統意義上的帝國時代已經成爲歷史。但今日的美國，在政治、經濟、軍事、社會、文化等方面顯示出來的巨大優勢，即使稱之爲「帝國」也不過分。與歷史上那些只關心領土與資源，侵占他國並行使支配權的傳統帝國不同，美國利用知識與資訊等文明力量爲武器，建立世界秩序的新標準。對於美國正在建立的新秩序，是選擇積極地參與，還是選擇消極地觀望，是所有擁有主權的國家固有的權力。但是，那些不僅僅只將繁榮定義爲解決衣食住行的國家，如果想要得到更大的發展，除了積極參與美國主導的世界新秩序以外，也幾乎沒有其他更好的選擇。

美國主張的世界新秩序架構，是經濟方面的自由市場經濟與政治方面的民主主義。美國希望在世界各個角落建立多個市場經濟、民主主義、法制和人權保護的和平社會。右派政治哲學教授凱爾・索爾曼曾這樣說道：「雖然有時也出於考慮利益關係，但美國人更多的時候，是出於要爲世界做出貢獻的使命感才成爲帝國主義者的。無論身在何處，美國人都執著地追求著幸福與願景，並且希望隨時都能給我們帶來這些幸福的願景。」

對於美國主導的新秩序，是善意地接受？還是惡意地接受？這個問題要分爲價值觀與世界觀兩個方面進行考慮。如果說有人認爲美國才是世界新秩序中，想當然耳的主導者或管理者的話，那麼也有人認爲它是傲慢、放肆、無理，濫用武力的暴君。圍繞著伊拉克派兵問題，更加鮮明的「崇美」、「親美」，以及「反美」等詞語、輿論分裂……。這些都預示著我們國家將經歷怎樣的矛盾與紛爭。

對主導著世界走向的美國懷有厭惡感和危機感的人們，則利用各種各樣的手段號召民族自尊心和民族優先主義。由於這些人形成了有機的組織，並以懲惡救世的熱情與信念爲武裝，雖然人數不多，但卻具有驚人的活動力與影響力。他們在學術界、文化界，以及市民團體等組織，有著根深蒂固的地位，並將繼續爲壯大自己的隊伍進行著不斷努力。他們的行動，將在很長一段時間內，對離間美國與韓國之間的關係上發揮著相當的作用。而年輕一代則很可能在對待美國問題時產生兩面性，一面是在生活中的友好性，另一面則是看待社會問題時產生的厭惡感。在洪成泰的文章中我們可以看出，對美國持批判態度的人們的代表性觀點：

> 在對美國沒有充分認識的情況下，就無法正確地設計我們國家的未來。這個全民性的苦惱，已經在通過總統大選時爆發的燭光示威充分地體現出來。這並不是單純地區分親美與反美陣營一般簡單的事情，而是對於美國式的作用模式的批判與檢定的問題。解放後，我國單方面引進了美國模式，但至今爲止卻出現了種種問題。這讓我們逐漸意識到，不作任何反省，無條件地接受，將會給我們帶來各種各樣危險的事實。
>
> 在這種種危險當中，最重要的就是引起所謂新自由主義的經濟秩序的危險。雖然任何一個強大的國家，都擁有著爲了本國利益，而不擇手段地攫取他國利益的罪惡過去，但除了美國以外，則再也找不到任何一個擁有著默認、並支援這種不正當行爲的民眾的發達國家。美國一直自己任命爲國際警察，並想當然耳地將國際秩序放置在美國的利益下任意踐踏。如果美國一天不停止霸權主義行爲，如果美國的平民不能儘早從本國的政治家們以霸權行爲獲取不正當利益的道德淪喪中脫離出來的話，世界的未來就將變得更加暗淡和難以預測。（洪成泰，《給韓國人民的反美教科書》）

針對美國式秩序或政策，提出反對意見並積極活動的人們，在任何領域中都會具有強烈的主觀意識。但是自己的主張是否合理、現實，最好能夠通過第三者的見解進行檢定。在《*Made in USA*》一書中，凱爾・索爾曼對於反美的起源與其合理性，提出了尖銳卻又極其根本的見解：

極度瞧不起美國文明的歐洲人，卻將美國當作堂兄弟。雖然歐洲人根據自身對意識型態喜好的不同，有的將美國當作貧窮的堂兄弟，有的將美國當作富裕的堂兄弟，但是他們均對美國堂兄弟的侵略性政策表示認同。美國存在於我們所在的任何地方，每天我們都消費掉大量的美國性用品。因此，對於美國強迫性的存在，與其理性地觀察，倒不如感性地接受。因爲我們既喜歡又討厭的所有東西都是「美國製造」。

在法國和韓國都有著強烈的反美情緒，這與其說是理性思考的結果，倒不如說是感情上無法接受。如果說韓國人與法國人都是在理性地對待美國的話，那麼他們就需要想一想，沒有美國的世界會是怎樣的呢？否則長此以往，韓國和法國很有可能將會被納入類似中國或俄羅斯的帝國主義。因此，我們對於美國的感情關係，是無法依據從美國的力量中產生的現實性帝國主義來進行說明的。這種感情關係的根源，反倒是能夠從我們對待美國的兩面性中尋找得到。與其說美國的文化是依靠暴力的結果，倒不如說是在誘惑我們年輕一代的同時，使我們傳統價值發生了改變。

無論我們以什麼樣的情緒接受美國，美國都將在未來很長一段時期內保持其強大的力量。這是因爲雖然美國與其他社會相同，也存在各種各樣的社會病態，但美國人民已經找到了在極其激烈，卻又相對公平的競爭環境中生存下去的方法。美國在各個領域中都具有極其強勁的競爭力，這並非像過去傳統帝國依靠掠奪而產生的，而是在激烈的競爭下的產物。掠奪行爲是爲了占有有限資源而發生的競爭，但在競爭中所產生的生產性，卻是在運用近乎無限的知識性資產中所產生的。因爲在無限的資源中才能產生無限的競爭力，所以美國的未來將會更加光明。

最終，所謂現實必將由誰更具有生產性、誰更具有實際性、誰更具有效率性、誰更具有適應性等方面所決定。因此，在面對世界爲未來做準備的時候，我們有必要重新學習進化論中所提到的「適者生存」這個道理。生存問題需要依靠自身的力量去解決。只有那些能夠積極適應世界飛速變化的個人、組織和國家，才能成爲競爭中最終的勝利者。

哪個國家能夠趕上美國？

在二〇〇四年十一月三日出版的《*Wall Street Journal*》中，有一篇文章向我們傳遞了歐洲人對於趕上美國將需要比想像的付出更長時間的苦惱之情。這就意味著，一心想要在二〇一〇年之前超越美國，歐盟野心勃勃地想要建構出世界上最有效率、最有競爭力的經濟體制的計畫宣告失敗。

作爲這份報告書的主要製作負責人，荷蘭的前總理科克這樣說道：「爲了完成在二〇一〇年前趕上美國的目標，我們需要採取一些非常性措施。而在縮小與北美以及亞洲地區經濟增長率的差距上面，我們也沒有多少時間了。」

通過這番話，我們可以充分瞭解到，想要改變一個社會的制度、習慣、文化，使其變得更具有競爭力，是多麼困難的一件事情。另一方面，也說明了從一開始就認爲趕上美國只不過是一種政治性的口號，根本不具有可行性的見解是多麼的正確。如果說，大多數的共同體都對美國的強大實力產生羨慕之情，並試圖想要超越的話，那麼任何一個組織都有可能站在世界的最高峰。但是，這並不是一件容易的事情。因爲，在那裡必須具有競爭指向的默許性協定。美國社會擁有著這種知識性傳統，那就是對於個人主義與私有財產的信任。

美國的沃爾瑪超市與Target Corporation等大型連鎖店都自發性地降低商品價格，並創造出新的競爭力。KFC（肯德基）、麥當勞以及當肯甜甜圈等連鎖速食店，也開始將精力放在不斷地開發新菜單上面，以求適應顧客們不斷變化的口味。就連大學、中學、小學等教育領域也都一樣，學校爲了獲得學生家長和學生們的歡心，必須不斷地進行努力。

依據經濟合作暨發展組織（OECD）的統計，在二〇〇〇年中，美國的勞動者要比英國的勞動者多勞動了一百二十六個小時，比法國勞動者多勞動了三百三十四個小時，而與勞資工會極其發達的德國相比，則多勞動了三百七十一個小時，甚至與以工作努力著稱的日本勞動者相比，他們的勞動時間都要長得多。並且，美國勞動者的勞動生產性要比歐洲高上許多。

依據紐約大學的社會學學者理查德·賽內特的分析，「據預測，現在這批接受過兩年以上大學教育的年輕學生們，到退休爲止，平均將變換十一次工作單位。」這也就意味著，他們幾乎將以四到五年爲一個周期頻繁地跳槽。從這裡我們可以充分看出美國的勞動者的工作強度是多麼的大，以及離職所帶來的壓力是多麼的沉重。

但是，競爭力是從激烈的競爭和緊張的環境中產生的，這絕不是不正常的事情。旺盛的新陳代謝能力也是衡量美國經濟的另一個重要指標。

湯姆·彼得斯在其新近出版的一本著書中提到了極爲有趣的內容。在一九八〇年到一九九八年間，美國總共產生了七千三百萬個工作機會，同時也消失了四千四百萬個工作機會。其中，新產生的機會達二千九百萬個。然而，歐洲卻大不相同。在人口數量上，只比美國多出三分之一的歐洲，新產生的工作機會卻不過四百萬個左右。

湯姆·彼得斯這樣說道：「美國之所以產生了二千九百萬個新工作崗位，是因爲美國有著敢於破壞四千四百萬個工作機會的勇氣。」

「爲什麼與美國相比，歐盟的經濟總是處於低迷狀態？」答案非常簡單，是因爲不工作的人多，勞動時間短，勞動生產性低所造成的。按照二〇〇三年的基準，美國的失業率爲百分之四．七，而歐洲則高達百分之七．五。年間勞動時間方面，美國爲一八九五小時，而歐洲爲一七三〇小時。在就業者實際人當總生產的比較中，美國增長了百分之二．二，而歐洲僅增長了百分之〇．七。

曾經擔任過OECD大使的李慶泰博士，憑藉著自己最近在歐洲的所見所聞和早年在美國的留學生活爲參照，作出了這樣的評價：

造成歐洲失業者多的原因，是大多數企業都不願意雇用沒有經驗的新人。只有爲了在競爭中獲勝，而不斷地創造出新商品和服務的過程中，才會產生新的工作機會。因此，競爭才是創造出工作機會的最大前提。但是現在的歐洲，不知道是否因爲已經老化，或是因爲已經滿足了現狀，對於爲了過上更好的生活，而必須不斷變化和競爭的觀念，感到極度不適應的負擔感。……雖然歐洲的企業都非常羨慕美國，並稱其爲「解雇的天堂」，但是一般的市民們則對美國社會抱有厭惡感，說美國是一個非人性的，只懂得追求利益的社會。他們一方面對歐洲與美國的生活水準差距不斷拉大而表示遺憾，而另一方面卻不願意爲趕上美國而放棄現在享有的過多的節假日和高強度的雇傭保護等權益。

……歐洲人雖然非常清楚改革方向，但卻不願意放棄握在手中的安全感。與其相反，美國則在日益惡劣的生活環境中，毅然選擇了競爭與效率。因此，我們在選擇走哪一條路的時候，千萬不要忘記「種瓜得瓜，種豆得豆」的道理。

在歐洲公司駐韓國分公司演講和在美國分公司演講時的氣氛完全不同。雖然並非所有的情況都是如此，但普遍來看，一方具有著濃厚的穩定主義色彩，而另一方則具有著強烈的成果主義氣氛。而這種差異應該與公司本部或本國的氣氛不無關係。

只要社會仍然對那些通過殘酷競爭的勇士們，保持尊敬和讚揚的態度，在將來相當長的一段時期內，美國依舊可以保持先進的競爭力。在這個過程中，美國還將不斷地提高自身的生產性。並且，世界化還具有向心力的屬性。大批聰明且又受過優秀教育的人才，將源源不斷地湧入在知性、物性、自然性等基礎結構上具有多種文化特性的美國。而這些大量的人才將產生我們平常所說的「網路效果」，使美國的影響力呈幾何級數不斷上升。

對美關係，不要感情用事，要從實際利益上考慮

由於擁有以競爭為基礎的強勁實力，美國將在未來很長一段時期內保持壓倒性的優勢。

如果說在現在或將來，在世界上將占據優勢地位的國家就是美國的話，那麼韓國人是否有必要重新檢討一下與美國的關係，並帶有更現實的美國觀來行動呢？但是，由於小國家固有的強烈被害意識，和對過去的錯誤認識，以及過分的「名分藉口」，很有可能在韓國與美國之間造成不和諧的關係。

如果說我們期待著與美國的關係能夠得到更好的發展的話，那麼我們就有必要聽一聽法國學者凱爾·索爾曼所發出的令人意外的聲音。他在韓國出版譯作《*Made in USA*》時，曾經訪問過韓國，並藉此機會說了這樣一番話：

如果有人預測美國的勢力將會減弱，那麼他的判斷就是錯誤的。生產力與技術的飛躍性發展，使得美國的未來變得前所未有的光明。並且，在過去二百年間，美國形成了與歐洲不同的社會構造，這是美國特有的文明。在美國文化逐漸向世界普及的今天，與站在反美、親美等虛空的立場相比，試著瞭解美國則更加重要。在法國與韓國日益高漲的反美主義，與美國政策毫無關聯，只是一種對自身的發言，一面反映出對自身憂慮的鏡子。反美主義只是法國與韓國知識分子們對美國文化所產生的一種危機感而已。其實，是反美，還是親美，這完全不重要。美國不會因爲你選擇了反美而消失。在法國，知識分子們之所以都爭先恐後地加入反美陣營，並將自己定義爲反美主義者，是因爲這種做法不但是最簡單、最方便的對策，而且會提高自己的知名度。但是，我卻希望能夠作爲一個客觀的研究對象，公正地對它進行評價。（凱爾・索爾曼，《*Made in USA*》）

最後，他還極力勸說韓國能夠在對美關係上採取更加正確可行的辦法，進行現實性的選擇：

法國與韓國有著本質性的差異。美軍離開法國已經快半個世紀了，但是由於在德國仍然有部分美軍駐守，所以美軍距離法國並不遙遠。那麼，美國必須要撤離韓國嗎？由於韓國處在被多個無法預測的政權包圍的境地，因此，美軍的撤離很可能馬上就成爲危險的賭博。我們無法想像在對沒有民主主義存在的中國和北韓的不斷妥協下，韓國的經濟是否還有繼續發展的可能性。在東北亞地區，和平或即興的侵略都有可能發生。但是，如果美軍一直駐囤韓國，發生這些軍事性危險的可能性就會大大降低。美軍不但給東北亞帶來了戰略性的安全性，而且還帶來了經濟的繁榮。美軍並不反對韓國對北韓實行諸如「陽光政策」等方法。在中國和北韓還未形成民主主義社會的情況下，至少對於韓國，美軍的存在是一個不壞的戰略性解決方案。

美國性的習慣、行爲、制度等將會以更快的速度影響著全世界的人類。當這種發展趨勢越來越快的情況下，無論在哪個社會，都將會出現以反美來鞏固自己的地位，並從中獲得利益的人。但是，在正確的認識下，卻不採取積極的態度來接受這種趨勢的話，則很有可能在政治上、外交上，甚至經濟上蒙受損失。

在個人的選擇上看，韓國大多數的人們還是對美國懷有友好之情的。即使有些人在公開場合高聲叫喊著反美口號，但私下從子女的教育問題開始，直到選擇安享晚年的場所等個人領域中，他們最終還是會選擇美國的。即使嘴上說不喜歡美國，但最終他們還是會關注並接受美國擁有強大的經濟實力這個事實。

現在，我們可以選擇的道路，就是與美國發展另外一種合作關係，那就是與美國簽署自由貿易協定。韓美兩國的自由貿易協定的簽署，不單純在經濟方面，並且在政治與安全保護等方面都將爲韓國帶來實質的利益。

雖然在農業與電影配額制（screen quota）等敏感性問題上，暫時還沒有找到很好的解決辦法。但是著眼於未來，這些問題反正遲早都需要解決，因此我們不要因小而失大。

依據仁荷大學鄭仁教教授的研究，如果韓國與美國簽署了FTA，那麼韓國的經濟有可能每年將增長一個百分點，出口金額也將增加一百億美元左右。當然，隨著農業與服務行業的開放，短暫的苦痛是避免不了的。但是，爲了兩個產業的將來，我們不能無期限地將它們放置於保護傘下。美國之所以在簽署自由交易協定上面也持肯定性的態度，是因爲在中國的飛速崛起與亞洲地域主義的積極活動的背景下，美國充分感受到與亞洲國家合作的必要性的緣故。自由交易協定的簽署，將對韓美兩國都產生積極而肯定的影響。

利害關係錯綜複雜的世界，更加迫切地要求我們拋開感情因素，在實際利益中建立起韓美外交關係。

五、英語就是權力

強勢英語，衰退的韓語

語言是傳遞知識或資訊最重要的手段。正因如此，在以特定語言記錄下來的知識或資訊越來越多的今天，能夠像使用母語一般，流暢熟練地使用這種特定語言的人，才將處在更加有利的位置。隨著時間的推移，以特定語言所構成的資訊和知識將益發鞏固，並最終達到不可動搖的地位。

如果說這種特定語言就是英語的話，相信沒有任何人會站出來反對。在經濟、文化、社會、政治等所有領域中，英語所占據的比重日益加大。並且，這種趨勢在將來也不會停止。英語的強勢甚至威脅到其他種類的語言，使其他語言面臨逐步滅亡的境界。當然，英語的這種強大優勢與美國在世界的支配性地位是分不開的。

雖然在其他領域也都一樣，但特別是在國內出版界的經濟、經營領域裡，英文書籍占有壓倒性的優勢。排行在前幾位的暢銷書都是用英文寫成的。雖然有許多日文書籍通過翻譯，也得到了很好的銷售量，但與英文書籍相比差距仍然很大。而那些用法文或德文寫成的書籍，幾乎找都找不到。根據《韓國出版年鑑》，在一九九四年發行的三三四九四種書籍中，外文譯書不過占百分之十五．五二。但隨著不斷的努力，在二〇〇三年發行的三五三七一種書籍中，外文譯書已經增加到了百分之二十九．一。並且，外文譯書中，大部分都是英文著作。

就這樣，以英語為中心的知識生產已經形成普遍化。而在自然科學或工學領域中，美國已經擔當起知識發電廠的作用，源源不斷地向世界各地發送著知識與資訊。

將來，英語是否會被另一種語言所取代？像韓語這樣的民族性語言的命運又會是怎樣的呢？只要一直占據著知識生產的中心，英語作為世界通用語言，未來的影響力將越來越大。反面，其他語言也不可避免地產生相應的衰退。這就意味著其他語言的使用者將會受到很大的衝擊。面對這種趨勢，我們不得不去想像一下，能夠流暢使用英語的人和不懂英語的人，他們的將來會有哪些不同？

作為世界語言的英語和作為民族語言的韓國語，兩者的未來會有什麼樣的不同？推算起來並不困難。「早在一九八〇年，當時的所有趨勢都已經顯示，英語將成為世界語言，並進一步地鞏固自身的地位，而其他民族語言則將走上逐漸消亡的道路。」對於卜鉅一的這種展望，我們無力反駁。他還在《歷史中的行者》一書中曾經這樣寫道：

隨著世界化的到來，國境的概念變得不再分明。人才與資訊頻繁流通的今日，在一個共同體內使用多種語言，顯然是一件極不合理的事情。在當今社會，從物理性計量單位開始，直到貨幣、所有的尺度都得到了統一。從飛機的零件開始，直到太空站，所有的物品都形成了標準化。那麼，語言的統一，也必然成爲一種大趨勢。從十九世紀開始，人們就曾經提出過使用一種世界通用語言作爲國際語的建議。而英語從眾多語言中脫穎而出，自然而然地占據了國際語的位置。因此，在二十一世紀初葉，幾乎所有的國家都開始將本地的民族語言和英語同時使用。

當然，爲了保護本國的民族語言不受到英語的衝擊，所有的國家都想盡了辦法。但是，事實證明，任何手段都無法違背經濟原理的作用。追求更加方便簡易的方法是人類本性使然，無論以什麼樣的理由，想要無視經濟原理的人們或社會，最終都將嘗到自己造成的苦果。因此，無論在何處，那些高喊著保衛本國民族語言的知識分子們的聲音，必將淹沒在嚴格遵循著經濟原理的民眾們的投票中。看到越來越多的人們深深沉淪於英語之中，某位詩人在自己的詩中曾經絕望地將這種現象稱爲「民眾的選擇」。

因此，根據作家和語言學者們的分析，在二十二世紀，所有的民族語言將逐漸走向消亡，最終變成「博物館語言」，成爲歷史。也就是說，英語能夠隨著生活面貌的變化而發生變化，但其他語言則脱離生活，無法產生新的變化，最終將帶著與二十一世紀相同的面貌，逐漸走向消亡。由於錄音技術的發明，即使過了很長時間，聲音的價值也不會發生改變的。

在這種環境下，韓語也不可避免地走向衰退。就像大河奪走了小河裡的水，而小河就會漸漸枯竭、堤壩坍塌，積滿污泥與雜草，漁船行走在小河裡也越來越困難。最終，連清理河道的人也不再出現，小河變成了土溝。

對於我們，祖國是一種命運的賦予，而母語也是一種命運。因此，對於我們而言，接受母語正在逐漸衰退這個事實是一件非常困難的事。圍繞「是應該保衛母語，還是應該接受英語」這個課題，總是會引發出超乎感情的強烈反應，因爲這本來就是一個超越倫理的問題。在二〇〇〇年前後，當我們的社會中第一次出現「英語公用化論」這個主張的時候。擁護「英語公用化論」的知識分子們之所以受到了全社會的強烈的反對與仇視，正是出於這個原因。

所有左右著生存的選擇彷彿都是這樣，在做某種決定時，最重要的就是必須遵守經濟原理。特別是在個人的選擇上，任何人都應該以更坦率的態度，將自己對某件事物的信任、展望與喜好毫無保留地表達出來。如果我們向那些接受過良好教育，並曾經接觸過海外市場的人們提出類似「如果你可以爲你的兒女選擇語言的話，你會選擇哪種語言？」、「如果讓你重新選擇，你會將你的事業重點放在哪種語言基礎上？」一般的問題，他們會做出怎樣的回答呢？這個答案即使不說出來，相信大家也都會非常清楚的。

在今天的韓國，擁有著相對優越的經濟條件，或者對國際形勢非常瞭解的人們，在子女的未來發展問題上，又會做出怎樣的選擇呢？經過調查，我們發現，他們不約而同地做出了徹底的經濟性選擇。這是因爲他們憑藉豐富的經驗，非常瞭解學習語言對於個人而言，是一種多麼重要的投資，並且這種投資將來還會在提高生活質量方面產生積極的作用。

隨著時間的推移，類似韓語這樣的民族語言，很可能將淪落爲傳達英語的媒介。在卜鉅一的著作《將英語作爲共用語》中，介紹了一位曾經在韓國和日本都教授過英語的美國人——羅伯特的故事。藉由這個人的故事，卜鉅一提出了自己的主張：任何一種語言如果不能成爲知識的創造者，而只能作爲知識的傳媒者發揮其作用的話，那麼這種語言必將走向衰退的道路。

如果從母語使用者的人數、語言的地理分布，以及知識性活動展開的程度等三個方面考慮的話，韓語作爲母語使用者的人數和知識性活動展開的程度等兩個因素，並沒有對韓語的影響力造成制約。韓語是因爲受到語言地理分布的限制，才被歸類爲「中間語言」的。

但是，如果我們對知識性活動這個因素進行更加仔細地分析，就會發現韓國社會存在著一些不利傾向，而這些傾向很可能在未來演變爲嚴重的問題。最明顯的傾向就是高等教育的問題，特別對於國外的人，這種傾向已經成爲一種危機。除了意外的情況之外，在韓國，高等教育機關已經不再是創造新知識的地方，而是淪爲對於他人生產出來的知識進行大肆消費的地方。知識的產生與知識的消費，有著根本性的差別。知識生產能力的低下，就意味著韓國語只能充當「搬運傳遞」其他語言（主要是英語）創造出來的知識的媒介角色。從知識活動的角度來看，只能作爲媒介使用的語言是不具有生命力的。只能作爲媒介使用的語言，將在語彙、構造、世界觀等方面依附於源泉語言。

淪落爲媒介，正是這種語言衰退的第一階段。特別是在英語等語言正向全世界擴散的今天，能夠流暢使用英語的學者不斷增多，他們在表達自己意圖與思想的時候，將不再需要以其他語言作爲媒介，這就使得媒介語言失去了使用價值。即使媒介語言能夠以口語的形式存活下來，也不會對文化的發展起到任何推動的作用。相反，能夠幫助人們閱讀與寫作的書面語言，才眞正能夠推動語言、文化等方面的發展。

在國際競爭時代，英語就是生存的工具

二○○二年，聯合國教科文組織世界遺產委員會，發表了一篇長達九十頁的報告書——《世界瀕危語言地圖》。提出了一百年之後，世界上六千多種語言中，將有百分之九十瀕臨消亡的預測。報告書中還提到，只有在使用人口最少達到一億、國力進入世界前十名，並且政府還施行至少兩種語言或多種語言政策的國家中，語言才有可能繼續生存下去。但即便是這樣，勉強存活下來的語言，在與英語相比較時，仍然擺脫不了地位日益降低的現實。

歐盟共由二十五個會員國組成，這使得歐盟內部的語言問題日趨嚴重。歐盟中的公用語言竟多達二十種，這使得二○○三年一年中，只是用在雇用筆譯和口譯的專業人才費用就達到了五千億歐元。現在，由於歐盟又新近加盟了十個成員國，這使得這筆費用增加到了八千億歐元。過於沉重的經濟負擔，使得歐盟內部也提出了使用英語作爲唯一的共用語言的建議。

歐盟的人口共有四億五千萬名，其中以德語爲母語的使用人口占百分之二十四左右。但是在「如果選擇一種語言作爲共用語言，您認爲哪種語言最合適？」的問卷調查結果顯示，認爲英語最合適的人達到了百分之六十九，而認爲德語和法語最合適的則分別只占到了百分

之二十六和百分之三十七。還有，在歐盟選擇英語作爲第二外語的人占到了百分之八十九，而選擇法語和德語的分別不過百分之三十二與百分之十八。經由以上的資料我們可以看出，人們在選擇語言的時候，不論從經濟性與便利性上考慮，還是從將來的發展趨勢上考慮，人們都更加傾向於選擇英語作爲主要使用語言或第二外語。

雖然看到自己使用的母語逐漸走向衰退，是一件令人傷心的事情，但語言與世上萬物一樣，作爲進化的產物，如果能夠適合周圍不斷變化的環境，就會走向繁榮，而反之，就將走向衰退，任誰也無法阻止。一直以來都站在保護韓語的第一線，並且與幾位學者共同撰寫了《韓語如果走向消亡》一書的國文學者崔京峰教授，曾經對於二〇一三年某一天發生的情景作了以下想像：

雖然現在韓語的使用人口在世界上是第十二位，但是能夠熟練地使用韓語的人數卻正在急速減少，這是一個悲痛的事實。展望未來，在進入二十一世紀後，不斷加速的世界化進程中，韓語的影響力日益萎縮。曾經以增加國家競爭力爲名，而在二十世紀末突然被提出的使用英語作爲共用語言的主張，在十年前又被重新提上日程。現在，在實質性意義上，如果韓國成爲了以英語爲共用語言的國家的話，韓語能否繼續生存下去將成爲未知數。在韓國國內，從幼稚園開始，一直到大學，用英語教學已經成爲大勢所趨，這也充分地向我們展現韓語慘澹的將來。在五年前，教育部決定除了韓語和韓國歷史以外，學校可以任意選擇教科書。從那時開始，幾乎大部分的學校都選擇使用英文教科書，仍然使用韓文教科書的學校屈指可數。在不久前進行的一次題爲「您認爲學習韓語是浪費時間嗎？」的輿論調查中顯示，回答「是」的人數竟高達百分之七十八，這也直接顯示出現代韓國人對於韓語是抱持著怎樣的一種態度。

現在在韓國出版的圖書中，韓文圖書所占的比重還不到百分之十。並且韓國所有的報社都發行韓文版和英文版兩種版本的報紙（根據現行法律，報社必須發行韓文版報紙），這也充分地顯示他們的主張。

作爲韓國代表性企業的最高經營者，K先生曾經在私下說過這樣一個故事：

「我們公司與紐約的I公司聯合，正在共同發展一個專案。在一次出差時，我遇到了美國I公司專案負責人，於是我向他問道：『我們的研究人員做事怎麼樣？』他回答說：『非常聰明，並且非常勤勞，工作素質一點也不比美國員工差，但是在語言溝通方面存在著很大的障礙。經常會出現在會議中因爲無法組織合理的語言去說服對方，而使己方受到利益損失的事情。因此，專案的進展速度也就自然降低下來。』」

講完這個故事後，K先生又提出了他自己的方針：

「我對每個任員（高級管理階層）都反覆強調過，我們完全可以把英語說好。從現在開始，如果不能把英語學到在會議上能充分表達自己立場的程度，無論他再怎麼有能力，我也不會將他升職爲任員。熟練的英語是我們一生必要的本領，尤其是在企業活動不斷世界化的今天，英語問題更加顯得嚴峻。」

LG電子在極其具體的計畫下，決定從二○○八年開始使用英語作爲共用語言。在世界化不斷加速的今天，如果想要保持先進的競爭力，就必須加強對英語的學習。

不知道讀了以上文字的讀者們是否已經會感覺到不愉快，讓我們超越情感上的不快，也許我們周遭有些人曾經因爲英語的問題，而錯過了升職或其他的好機會。對於將來還要工作十年以上的大部分人來說，英語已經不再是選擇，而上升到了一種必行的義務。隨著時間的推移，沒有做好充分準備的人將開始感受到排斥感，並有可能在經濟方面也受到損失。

語言對於人類而言，是一種與命運相近的東西。當人們在最適當的時期選擇了對外語進行投資，那麼他就會得到成功。反之，那些沒能對語言形勢作出正確判斷，並將最佳時期投資在學習民族語言上面的人們，將必然蒙受巨大的損失。無法使用世界通用語言來組織語言的人們，不光在資訊與知識方面受到排斥，並且行動半徑也將受到很大的限制。大多數的教授和居住在教育特區——江南的一部分學生父母們，對於子女留學花費大量精力的理由，也正是因爲他們非常清楚語言投資對於個人將來發展有多麼重要。

無論您是農民，是漁民，是公司職員，或是企業家，掌握熟練的外語，意味著您將更容易地接觸到更多的資訊，並擴寬選擇的幅度。

英語教育的革命關係到韓國的未來

不久前，我曾經有機會訪問母校的圖書館，並在那裡停留了幾個小時。與二十多年前相比，現在的圖書館幾乎沒有什麼大的變化。書桌上擺著各種為學生參加英語考試而準備的英文書籍。難道就沒有什麼能夠讓學生們早些從英語考試的負擔中解脫出來的辦法嗎?在學習的黃金時期，如果學生們不需要去想怎樣應付英語考試，而把時間都投入到追求學問當中，那麼無論對個人還是對國家，都將有著相當可觀的回報。

所有的資源都是有限的，我們能夠應用於學習的黃金時期也是有限的。如果從資源的有限性方面考慮，我們需要找到能夠使學生們更早接觸英語，並最大限度發揮學習效率的方法。如果因為我們沒有盡力去尋找能夠讓學生早日從英語負擔中解脫出來的方法，而導致學生荒廢了學習的黃金時期的話，這對於他們而言，是非常不公平的。

在所有學生都接受著相同的教育，並需要在相同的考試中過關的韓國，有條件的家庭必然會把孩子們送到國外念書。但我們需要明白的是，在所謂平等的政策下，學生們看似受到了保護，但其實是受到了巨大的損失。

韓國社會能夠選擇的對策非常明確，那就是大幅度增加使用英語爲共用語言的學校數量。不僅在大學，在小學、初中、高中，我們都要給予學生和學生家長們選擇語言的自由。這樣，我們的學生們就不需要支付外國學校高昂的學費，在我們腳下這片土地上，我們的孩子們就可以充分學習英語，並爲未來做好準備。

還有，英語將成爲一種階級。卜鉅一曾在書中引用高宗石先生的話，披露了其中的本質：

這裡需要強調的是反對英語公用化所具有的階級性的含義。反對英語作爲公用語言，則意味著允許某些特定集團獨自占有知識與資訊等資源，就像能夠熟練使用拉丁語和漢文的中世紀上層人物們獨享知識一樣。知識與資訊就是權力。無論英語是否會成爲通用語言，我們社會的支配層同樣都會讓他們的子女們受到很好的英語教育，而當他們的子女能夠熟練使用英語之後，則又將凌駕於那些由於不懂英語而無法接觸到知識和資訊的平民百姓們的頭上，繼續著支配階級的統治。我所知道的民主主義是不會允許知識和資訊被某個特定集團所獨自占有的情況發生的。姑且拋開民主主義不提，一個知識和資訊被某個特定集團獨自占有的社會，與一個全國人民都可以共用知識和資訊的社會相比較，

它們之間存在著很大的差距。（卜鉅一，《將英語作爲共用語》）

在訪問筆者個人網頁的眾多學生家長們提出的問題當中，關於英語的問題占了相當的比重。有一次，一位子女分別在念小學一年級和三年級的家長這樣問道：「在孩子們的學習方面我們下了很大的功夫，可還是不太清楚。老師們也經常強調英語的重要性，但是到底應該怎樣讓孩子們學習英語呢？」就在我回答這位家長的問題之前，另一位學生家長已經在我的網頁上留下了自己的意見：

對於英語教育，我也有些想法，想說出來讓大家參考一下。我非常確信，如果沒有堅強的意志，在國內學習英語一定會感覺受限。孩子們在自然而然接觸英語的環境下學習的英語，與每天死記硬背英語單詞學習的英語會相同嗎？如果沒有超人的意志與努力，在國內學習英語只能達到一個很平凡的水平而已。曾經聽說國內有人托福得到滿分，可是我們很難把這種程度看作具有極強的英語實力。如果讓在國內托福考滿分的學生與從外國留學回來的學生一起進行面試，結果會是怎樣的呢？那麼，讓他與外商洽談業務，結果又將怎樣呢？

當然，肯定也有人會說：「你說的是不是有些太片面了，我就遇到過一些在國內學英語學得非常好的人。」那麼，我可以告訴你，說這番話的人肯定是下面兩種情況中的一種。第一，他認爲托易、托福、TEPS等英語考試成績好，就是英語好的人；第二，他不清楚，到底什麼樣的水準才算是英語好。

我們只要跟某個人一起生活一天，就可以知道這個人的英語水準到底怎麼樣。如果這個人與美國人交流的時候，能夠自然而然地發出笑聲，並且相互交流的眼神十分默契的話，這個人就是英語好的人。英語好與否，不是看英語考試的成績如何，而是要看他在與外國人一起生活時候的語言能力。英語教育的目標原本就是提高語言溝通的能力，並且，最近只有那些能夠使用純正美語發音的人，才能被別人認爲具有一定的英語實力。

小學一年級、三年級正是貪玩的時期，但是也不能放鬆英語的學習。但因爲這樣，我們就應該把孩子們從小學開始就送到補習班或請家教進行個人輔導嗎？這樣的教學方法，只會讓孩子們感到更大的壓力，並且學習效果也不會太好，英語能力始終得不到飛躍式的提高。

我想要表明的觀點就是：在國內，英語只能成爲「學習」，而在國外，就會成爲生活。在國內，英語是壓力，而在國外，英語是生活本身。

看到您爲了探討兩個正在上小學的孩子如何學習英語，而在留言板上留下的這番話，我可以認爲您是一位非常盡職的學生家長。但是，強制性的英語教育反而會引起更大的負面作用。對於學校的英語教學，我就不說了。如果對這部分也進行說明的話，話就會變得更長了。（www.gong.co.kr 2004.11.15 留言板）

對於子女的英語教育問題，有人提出了這種看似激進的觀點。而是否同意此人的觀點，又由每個人的價值觀與所處的環境所決定。但是，我們通過這番話至少可以看到，學習英語的重要性在得到了全民認同的今天，我們卻沒有形成一個高效率的教學體制與社會環境，這就是現在韓國社會的現實狀況。

幾年前，曾經掀起過一場極其強烈的關於「英語公用論」的爭論。但是在民族主義仍然很強的韓國社會中，主張英語公用論的論客們都是一些具有遠見和膽識的有識之士，但因勢力太弱，因此在這場爭論中以失敗告終。但是，已經有一小部分特定的人士，做出了徹底的經濟性的選擇。當然，與個人的選擇相比，至今不僅沒有一個共同體經歷過這種選擇，並且這種可能招致民族性危機的選擇，本身就不是一件容易的事情。可是，我還是認爲韓國作爲一個共同體，應該在接受外國語言的方面，做出一些更加積極有效的行動。如果我們一直固執於以往的處理方式，那麼我們的後代們將要爲他們的一生付出慘重的代價。

如果不是具有極其出眾的才華，一個人在學習外語的時候，將無法跳出周圍學習環境帶給他的諸般體制上的限制。如果我們不能籌畫一個有效的教學體制，並將其付諸於具體實踐的話，我們將會看到更多的孩子們和年輕人離開這片土地。最終，共同體在英語學習方法上的選擇，實際上也與經濟問題緊密相連。

我們需要注意的一個事實就是，無論共同體做出了怎樣的選擇，那些對於世事變化看得更加透徹的人們，到底會做出怎樣的選擇？因爲在他們的選擇背後，隱藏著韓國這個共同體在未來準備上所將做出的選擇。爲了國家整體的未來和所有個人的幸福明天，我們在改革外語學習方法這個問題上，已經到了需要做出抉擇的時刻。

六、適者生存，多國籍企業的生存之道

世界化的激浪，勝者將獨吞戰果

在一九九七年發生金融危機的之前和之後，首爾的市貌發生了很大的變化。其中，英語看板的大量增加也是比較明顯的變化之一。許多國外知名的餐廳、飯店，不知何時已經悄然占據了市中心的重要地點，並形成了一道道引人注目的風景線。而我們也在不知不覺間習慣了它們，並融入在當中。

在世界化的大趨勢下，得到最豐厚利益的集團就是具有競爭力的多國籍企業。它們利用優質的產品、強大的競爭力、深入人心的品牌認知度、良好的財政運作、優秀的人才等武器「攻占」世界各地的市場。並且，這個趨勢還將越演越烈。到底它們前進的腳步何時才會停止？它們所創造出的世界經濟又是怎樣的呢？在一本名爲《*Lexus and Olive Tree*》的暢銷書中，利用好萊塢式的想像力，大膽陳述了對未來世界的預測。其中，作者托馬斯・弗瑞德曼引用了席維斯・史特龍和衛斯里・史奈普在電影《超級戰警》中的一段經典對白。電影的背景是世界化已經完成，美國的生活方式已經完全處於支配地位的二〇三〇年的加州，主角爲了拯救無辜的市民，與犯罪者展開了英勇的搏鬥，最終以殺人罪被羈押在冰冷監獄裡。三十年後，重新獲得自由的主角與同事的對話是這段故事最閃亮的地方。在影片中，當時加州唯一生存下來的餐廳只剩下了「塔可鐘」（Taco Bell）一家而已。

「他說，是我自己拯救了自己的生命。可是，對於這些事情，我卻一點兒也不記得。而且難道對於拯救生命的恩惠，我就只能在塔可鐘餐廳裡吃吃飯、跳跳舞嗎？我這樣說，並不代表著我不喜歡墨西哥菜。我非常熱愛吃墨西哥菜，非常喜歡。可是，這未免有些太離譜了吧？」

「聽了你的話，我能感覺到你的心情有些壞。但是，那是因爲你還不知道在激烈的專利經營戰爭中，最終生存下來的只剩下塔可鐘餐廳一間而已這個事實。」

「所以呢？」

「所以現在所有的餐廳都是塔可鐘。」

「怎麼可能？……」

對於好萊塢電影中出現的這些對未來世界的猜測，托馬斯．弗瑞德曼發表了他個人的見解。雖然這個故事情節有些荒誕無稽，但是對於托馬斯．弗瑞德曼卻彷彿是一個很好的啓示：

按著好萊塢電影的構想，這個電影情節展現出來的正是美國人心中對未來世界的完美推測。美國方式完全征服了世界，所有的領土、文化、環境，都得到了統一，形成了標準化，呈現出來的只有「殺菌消毒」後的世界的面貌。當然，這部電影所有的內容，都只是建立在對未來世界一種危言聳聽的幻想科學基礎之上的電影而已，但是我擔心的卻是，這部電影的內容在對未來世界化的終點的猜測上，含有相當部分的眞實性。

無可爭辯的事實就是，在世界化的浪潮中，企業之間會產生前所未有的激烈競爭。而在競爭之中，會產生一小部分的勝利者和大部分的失敗者，他們之間的界線分明。並且，這「一小部分的勝利者」的數量還會不斷地減少。如果讓我作出一個極端性的預測，那麼擁有最強大的競爭力的企業，將很有可能占領世界上所有的市場。當然，由於每個業種的特色各有不同，所以不能一概而論，但是，即使不能占領世界上全部的市場，也會占據比今天多得多的比重。不過，這一天即便會到來，也會是很久以後的事情。

在這裡，我們關心的是，誰才會成爲最終的勝利者。因爲世界化的進程最終就是爲了營造一個單一市場，所以多國籍企業相對來講擁有一定的優勢。它們不但擁有生產要素，並且能夠發揮知識力量，以取得令人矚目的成果。特別是經營規模方面，優秀的跨國企業擁有無與倫比的優勢。比方說，一個營業對象僅爲小規模內需市場的金融機關，與一個擁有著自主發射人造衛星能力的跨國性投資銀行進行比較，他們的資金運用能力有著天壤之別。

再讓我們看看將成爲未來型商務之一的諮詢服務領域。美國的諮詢服務公司在世界上占據著壓倒性優勢的地位，他們不但擁有豐富的人才，還擁有在各個國家的諮詢服務經驗。美國的所有諮詢服務公司都將總部設在美國，並在世界各地設立多個分公司，通過統籌調整和共用，支配著整個世界市場。美國諮詢服務領域的今天，也正向我們預示了跨國性企業的明天。

Patricia E. Moody 和 Richard E. Morley 曾經說過：「二〇〇二年，世界上所有的企業將分爲兩種，即優秀企業（the island of excellence）與其他企業（all the rest）。」而這裡所說的優秀企業就是擁有強大競爭力的跨國性企業。

利用收購與合併，謀求生存的企業

多國籍企業積極收購和合併區域企業，他們以世界爲對象，經過多年的商務活動，積累了大量的經營經驗。當然，也有一部分本土的區域企業，在頂住了跨國性企業的狂轟亂炸，並牢牢堅守住內需市場之後，也會利用這個推動力爲基礎，試圖將自身也發展成爲跨國性的企業。但是，從整個領域上來看，跨國企業的影響力，將以收購、合併、戰略性合作、參與投資等各種形態出現。

在多國籍企業進入韓國市場的眾多事例當中，收購OB啤酒的案例向我們展示了極爲有趣的一面。二〇〇三年，隨著以VEX牌啤酒而享譽全球，並在世界啤酒市場中排名第四的比利時Interbrew啤酒集團，和巴西最大的啤酒集團AmBev商洽合併成功，世界上最大的啤酒集團Interbrew-AmBev宣告誕生。隨著兩大啤酒集團的合併，Interbrew-AmBev集團以百分之十三的全球市場占有率，成功地超越了世界市場占有率爲百分之十一的Anhe user-Busch啤酒集團，成爲了世界第一大啤酒集團。

Anhe user-Busch啤酒集團原本是世界最大的啤酒生產集團，主打產品有百威、Bud Light、Busch等，深受各國消費者的喜愛。按著生產量的基準，Anhe user-Busch占據著世界第二位，並有著美國本土市場的百分之五十以上的占有率。在Interbrew啤酒集團與AmBev啤酒集團宣布合併的當天，《*Wall Street Journal*》的一篇文章針對本次事件，批評Anhe user-Busch啤酒集團在對海外市場所持的消極性戰略，使其失去了擴大市場的黃金機會。並預測Anhe user-Busch啤酒集團將會蒙受巨大的直接與間接性的損失。因爲一直以來，Anhe user-Busch啤酒集團也對占據著巴西啤酒市場百分之六十五比率的AmBev啤酒集團持有著極高度的關注。

根據專家的分析，Anhe user-Busch啤酒集團雖然很想收購AmBev的股份，但是在經營權的轉讓問題上與AmBev發生了分歧。由於AmBev堅持保留經營權，因此雙方的協商也宣告失敗。反之，由於Interbrew啤酒集團使得雙方大股東們都保留了經營權，從而使收購AmBev獲得成功。

自從一三六六年創業以來，銷售網遍布歐洲、北美、亞洲等二十一個國家，擁有著二百餘個啤酒品牌的Interbrew啤酒集團，同時也擁有韓國的東方啤酒集團（OB啤酒，Oriental Brewery）。Interbrew集團的啤酒百分之五十銷售到歐洲，百分之三十銷售到美國，剩下的百分之二十則將銷路放在了新興市場（Emerging Market）。二〇〇三年二月，約翰・布勞克正式宣布就任Interbrew啤酒集團的首席執行長以後，Interbrew就一直專注於攻略新興市場。

最近的外電又報導了另一條消息，美國第三大啤酒集團——康勝啤酒集團（Adolph

Coors），正在與加拿大最大的啤酒集團摩爾森啤酒釀造公司（Molson）就同等合併的問題進行談判。如果雙方交易成功，那麼將意味著合併後的啤酒集團將躋身於世界十大啤酒集團之列。康勝與摩爾森的這次合併談判，被看作是爲了在幾大集團的夾縫中謀求生存，不得已而爲之的戰略。根據博彭通訊社（Bloomberg）的報導：「在巴西，摩爾森的顧客們正被去年三月剛剛被Interbrew公司吞併的AmBev啤酒公司不斷搶走，而康勝也處於如果想在美國市場維持原來的占有率，則必須壯大公司規模的境地。」

以獨創的技術和品牌，占據世界同行業第三位的某國內中小企業A公司，現在分別從第一位的法國公司和第二位的義大利公司收到了戰略性合作或協商的求愛信號。對於這兩個國外公司來講，無論哪一方如果能夠成功地與國內的A公司建立協作關係，就能夠占據並鞏固世界市場的最大比率。因此，雙方的首腦級人物都使出渾身解數，以求與韓國的A公司建立合作關係。然而，由於從來沒有過與其他公司合作過的經驗，到底應該作出怎樣的決定？A公司的決策層也陷入了深深的苦惱當中。

無論是製造業，還是服務業，幾乎所有的業種都將面臨著市場重組的命運。跨國企業爲了攻略各國的內需市場，不光使用兼併收購、戰略性合作等多種多樣的政策，並且跨國性投資銀行的活動也日漸活躍。在這個過程中，自己一半、對方一半的轉讓，或分享經營權的企業數量將會增加。如果韓國經濟繼續停滯不前，那麼眾多跨國性企業將以處於困境中的企業爲中心，積極開展收購、合併、投資等活動。

多國籍企業的躍進對韓國產生的影響

企業的國籍由韓國轉變爲跨國性企業，這將會給個人帶來怎樣的影響？當世界上大多數的人們都成爲了跨國企業的雇員，那麼對於個人評價的基準也必然發生巨大的改變。這就意味著作爲專業人員，人們將需要更加努力開拓自己生活，因爲跨國性企業中是無法找到「穩定」這個單詞的。

將來，認爲「企業的國籍仍然非常重要」的人數會繼續上升，而且要求對國內企業必須採取反差別措施的呼聲也將此起彼落。只要韓國國內一直充滿著對大企業的不信任和反感的民眾情緒，只要韓國國內一直存在著某少部分以反感情緒爲基礎進行活動的政治家的話，那麼韓國很可能將會走向另一個極端。雖然，目前人們仍然會對跨國性企業收購韓國企業這一活動感到不平、不滿，從而忽略了韓國企業也可以由此學習、借鑒到外國先進的經營方法這一事實，但最終，人們還是會明白，企業經營是在跨國企業的世界戰略這個制約下形成的這一事實。

不顧股東們的權益，這個韓國企業的陋習已經成爲了一個大問題。但同樣，過度地重視股東們的權益，這樣的經營方法也將招致眾多的論爭。即人們對於設備投資和研究開發投資的萎縮，以及股東們過度的權益追求等方面的反省將成爲主要趨勢。

就此，韓國三星金融研究所的李相牧博士，曾提出過自己的主張。他說：「金融危機以後，在韓國國內提出了『提高對外國投資者的對外信賴度』的主張，而這一主張也正左右著企業的政策。這導致了韓國企業辛辛苦苦賺到的錢正在以股東分紅等方式，源源不斷地流入外國投資者的口袋中。」

金融危機以後，由於談論資本的國籍，會使持強硬態度的民族主義者或拒絕變化的保守主義者致富，因此任何人也不願意在公開場合討論這個問題。但是，當人們開始認識到資本的國籍仍然非常重要這一事實的時候，回頭看看，卻發現自己在另一條路上已經走得太遠。

在積極接受國際化標準的同時，如果我們能夠充分地預想到波及的效果，並在使社會整體的利益達到最大化的道路上，使政策的推動達到最佳效果的話，那麼就不會留下那麼多的遺憾。但是，由於現在有太多的事已經進入了軌道，因此，我們更要儘快對國內企業採取反差別性的措施。並且，作爲個人，我們也要對於跨國企業日漸增加的影響力所帶來的新世界，有一個更新的認識，並對未來做好充分的準備。

七、兩極分化日趨嚴重，絕無中間地帶

逐漸增加的高收入層與貧困層，不斷減少的中產階層

正像世上所有的事情一樣，在變化中也必然會產生成功者和失敗者。變化的幅度越大，變化的速度越快，變化的複雜程度越深，比他人更加迅速適應變化的人，也將會得到比他人更多的利益。但是，正如陽光下面一定會產生陰影一樣，在急速的變化漩渦中，成爲失敗者的個人、企業或國家，也必然將會陷入到十分艱難的境地當中。並且，在成功者與失敗者之間的間距，也將達到前所未有的差距。

對於這種現象，我想使用「變化差距」這個字彙來形容。在數位革命進行得如火如荼的今天，我們對於「擁有先進技術力量的人與不具備這種能力的人之間，將產生經濟、社會等方面的差距」的現象，我們稱之爲「資訊差距」。同樣，對於「能夠合理利用在飛速變化中

產生的機會或危機，在具備這種能力的人和不具備這種能力的人之間，將產生經濟、社會等方面的差距」的現象，我們也應該稱之爲「變化差距」。

在個人的角度來說，變化差距，意味著收入的兩極化正逐漸演變成構造性現象。在產生富裕的源泉正以驚人的速度發生變化的背景下，曾經擁有過相當高收入的人和能夠維持正常收入的人，也變得忐忑不安。在這個飛速變化的時代，人們爲了維持現有的水準，或是爲了到達一個更理想的位置，必須要付出更多的努力，才能達到目標。

當然，與之相反，將「緩慢的美學」作爲生活信條的人們也呈增長趨勢。但是，他們在面對世界快速的變化時，選擇放慢行動的代價，就是將自己從主舞台上拋離了出去。因爲，以慢節奏的活動來保持現有的位置，將會變得越來越艱難。

我們可以用「無限奔跑」來形容未來的生活節奏。當然，在飛速變化的未來，我們是選擇奔跑，還是選擇停止，這個選擇權仍然掌握在個人的手中。但是，一旦停了下來，如果再想接著奔跑下去，你將會發現自己已經遙遙落後在所有競爭者的後面。

在演講時，經常聽到的提問之一就是「日益深化的收入差距將會不斷持續嗎？有沒有解決這個問題的辦法呢？」雖然許多人都非常關心這個問題的答案，但我只能遺憾地告訴他們，答案就是「沒有」。對於「政府能夠爲此推出怎樣的對策？」這個問題，我也只能坦率地回答「不知道」。現在，雖然不算富裕，但還能維持一定的生活水準的家庭，正不斷地跌落到貧困層中。尤其是位於中產階層末端的家庭，更加容易淪落到貧困層中。

根據劉京俊研究委員和首爾大學金大一教授的研究結果，一九九四年占家庭總數百分之八・八的貧困層，在一九九六年已經上升到了百分之九・七，而到了二〇〇一年，則急速上升至百分之十二。貧困層就是指收入未達到整體平均收入値一半的階層。並且，中間層正逐漸減少。原本占收入分布區間百分之五十到七十的中間層，已經由一九九四年的百分之五十五減少至百分之五十・五。並且，在金融危機之前的一九九五年，下位百分之十對比上位百分之十的比重大概爲五倍，但二〇〇〇年之後，已經上升到了七倍。並且這個現象還將呈繼續擴大的趨勢。

當然，這不僅僅是韓國的現象。雖然在二〇〇三年，世界經濟開始呈現復甦的跡象，但是美國的中產階層（年收入三萬五千美元以上，五萬美元以下）的個人破產現象還是不斷呈增加趨勢，收入形勢也不斷惡化。中產階層的比重也由一九六七年的百分之二十二・三急速下降至百分之十五。而另一方面，高收入層（年收入十萬美元以上）也在同一期間由百分之三・四急速膨脹至百分之十五・一，貧困層（年收入兩萬美元以下）則由二〇〇〇年的百分之十一・三逐漸增長至二〇〇三年的百分之十二・五。這種趨勢到底是一時性的現象呢？還是體制上的問題呢？

在世界經濟國際化急速形成的背景下，不僅是生產行業或單純的服務行業，就連這期間一直保持著高收入的專門職業，也成爲被解雇的對象，因此薪資下調的壓力也在不斷加大。而這些失去了工作職位的人，也正在努力地爲將來的重新崛起預做準備，可惜這並不如想像的那般容易。從韓國銀行的報告書上，就可以看出美國中產階層的這些苦惱：

在勞動市場的國際化所引發的競爭當中，中產階層的勞動者們已經處於落後的位置。隨著中產階層的失業者向低收入職種的移動，中產階層的根基將很可能持續衰弱。《華盛頓郵報》也指出，中產階層爲了轉換至高收入職種，需要取得教育、資格證書或相應的經歷等。但無法擁有這些條件的人們，將不得不將目光轉向低收入的職種。

舉例而言，由於收入的兩極化現象與世界經濟急速變化等體制性問題互相關連，因此在將來也不會看到任何好轉的徵兆。除了少數持續著高速經濟增長的國家以外，我們在任何地方都能夠觀察到由於收入的兩極化而導致貧困階層產生的現象。並且，這種趨勢將成爲體制性的現象。對於這一點，四十二歲的男性P先生的故事就是一個很好的例子。

P先生在十八年前來到首爾，在一家工廠裡努力學習稀有金屬加工技術。兩年之後，他在鐘路開了一家小工廠，成功地成爲了中產階層技術者。三十歲時結了婚，並在三年後就買了自己的房子。直到九〇年代中期，他還能憑藉技術和良好的信譽過著富裕的生活。可是，隨著金融危機的到來，他再也無法過著往常無憂無慮的生活了。需求急速減少，而市場上僅剩的那麼一點點訂單，也被擁有大型加工設備的企業占據了。他也由於資金周轉的惡化和不斷累積的負債，而被銀行凍結了資金。二〇〇三年五月，他辛苦創立的小工廠終於宣告倒閉。他的夫人雖然每天在大廈裡做著清潔工作，但所掙的生活費卻連月租都繳不起。而他也淪落到了靠擺路邊攤維持生計的境地。

P先生沒有做錯過任何事，他一直保持著良好的信譽和誠實的態度，並且一直非常努力地工作，只是這個世界的快速變化使他成爲了不幸的人。「十多年來，我一直辛辛苦苦地經營這個小工廠，可是作夢也沒想到，最終會在這條自己曾經打拚過的鐘路上，淪落爲擺路邊攤的小商販。」他的這段告白，也使我們清醒地看到我們未來將會遇到怎樣的考驗。

在日益嚴重的兩極分化的背景下，對於勞動者們的生活，羅伯特・里奇曾經這樣說道：

在雇傭的概念逐漸消失的年代裡，在極度不安定的市場風暴中，大部分的勞動者都在艱辛地生活著。並且，他們的路將越走越難，所有的事情都必須靠他們自身的智慧和能力去解決。社會保障制度不斷減少，甚至於最常見的「鄰居保險」都沒有了，知道自己鄰居是誰的人也幾乎不存在。（羅伯特・里奇，《富有的奴隸》）

在貧富差距不斷擴大的時代，我們應該做些什麼？既然是無法逃避的現實，我們就應該努力使自己成爲「成功者俱樂部」中的一員。當然，我們也不必因此而採用過度的防禦性生活方式。但是，我們必須記住的一點就是，只是擁有良好信譽與誠實的人，是無法到達成功的彼岸的。如果一直對於時代的變化沒有任何感覺，或是疏於採取因應措施，那麼隨時都有可能會淪落到下一個階層。並且，在將來的社會裡，東山再起將比過去困難得多。

眞正聰明的人會在大戰將發之前的和平年代，做好各種對付戰爭的準備。而我們對於生活，也應該做到居安思危。「有陽光的時候，就要把草曬乾」，就像這句西方諺語一樣，我們也應該趁著有時間的時候，事先做好一切準備。

對於準備就緒的人來講，危機就是機會

反之，對於才能與雄心兼備的人來講，機會是無窮無盡的。與產業時代相較，他們會比普通勞動者得到更多的利益。而他們做的事情，也比產業時代的那些死板的事情變得更加有趣、刺激。但是，如果不能持續努力工作的狀態，他們也會隨時嘗到失敗的滋味。

變化雖然在某個方面意味著墮落與沒落，但在另一個方面則意味著機會。對於準備就緒的人，他們將獲得前所未有的機會與利益。只要堅持不懈地追求創意性的未來，就會開啓通

往財富和名譽的成功之門，而這些成功的故事也將成為人們津津樂道的經典傳奇。

在過去，只有資本家們才有機會成為富者。而在現在以知識為中心的社會，只要能夠發揮出自身的知識力量，將會有更多的人成為擁有財富和名望的「成功人士」。他們與靠著父執輩留下的大筆遺產而成為富人的幸運兒不同，他們將形成自己的「富人俱樂部」，並在世界經濟上占據自己的一席之地。

對於這種時代性的特徵，大衛．布魯克斯曾經這樣說道：

知識分子們將以資本家的觀點來觀察自身的經歷，他們會翻找有沒有別人沒有碰過的市場，並為了得到關注而競爭。他們曾經認為好的點子就是武器，但是現在已經開始將它視為財產。他們對於經營、擴大圖書銷售量等問題煞費苦心。……現在，就像在其他領域中一樣，在好點子領域，野心已經不再是論爭的對象。哈佛大學的黑人問題研究所所長亨利．路易斯．蓋茨，在對網路線上雜誌《*Slate*》的記者曾若無其事地說：「在性格上，我更適合從事事業。如果不是成為了學者，我也許會成為某個企業的代表。」（大衛．布魯克斯，《*BOBOS*》）

話題到這裡還沒有結束，富裕是從富裕中產生出來的。只有你擁有資金，還有一點點的資訊，那麼就能夠將全世界作爲市場，並懂得利用股票、債券、外匯、房地產、稀有金屬等資產，這樣爲你賺錢的人才將會排成行，等著你來挑選。不是一定需要自己花費時間進行打理。這就像是購物一樣，只需要看著過去的資金營運業績單，挑選出一個最優秀的企業就可以了。不僅僅是勞動收入，就是在投資收入方面，投資成功的人與投資失敗的人之間的差距也將越拉越大。

那麼，企業又會怎樣呢？在企業的世界裡，也正展開著相似的情況。一流的企業與其他企業之間的差距也將日益拉大。也就是說，在各個領域中，一流企業的壟斷地位將日益穩固。「顧客們只知道一流企業」，這句話並不只是單純的一句口號，而是一個事實。對於這種趨勢，一部分專家甚至預言，將來每個領域的市場將會被三個實力相近的大企業壟斷，也就是所謂的「三大法則」，而這三個企業最終也將形成「一強兩弱」的形勢。同樣，在同行業中，龍頭企業和其他企業之間的差距也將不斷地拉大。

就在二〇〇三年一年中，三星電子、浦項綜合製鐵（POSCO）、現代汽車等五大企業的商業收益總額達到了十二兆七千億韓元，這在韓國製造業總體商業收益的三十一兆韓元中，占了近百分之四十一。在世界市場中，具有競爭力的一流企業將創造出圍繞著競爭資源的良性迴圈。它們利用各自過去的技術、品牌、人力、經營理念等爲基礎，將走上其他跨國企業走過的相同的道路。但是，那些沒能打造出堅實基礎的企業，則將與已經占據了堅固地位的企業之間，展開艱難而又慘烈的「戰爭」。

對於那些已經站在戰場最前線，正在奮勇拚搏的企業，我們不需要再進行任何督促和提示。因爲對它們而言，每天都是爲了勝利而拼搏的戰鬥過程。也因爲它們很清楚，企業差距不斷擴大的時代對於它們意味著什麼。只是，如果當它們眞的有一天成爲了「成功者俱樂部」中的一員，那麼它們將獲得與從前無法相比的巨大成果。雖然沒有任何人願意在這場戰爭中淪落到失敗者的行列，可是一旦在競爭中開始落後，那麼自身生存將會受到極大的威脅。

被發達國家甩在身後，並被落後國家苦苦追趕的發展中國家

另一方面，國家又如何？根據預測，發展中國家將陷入艱難的困境當中。發展中國家以廉價勞動力爲競爭武器，將牢牢地占據世界生產基地的地位，並能在相當長的一段時期內享受到全球化帶來的利益。雖然薪資這種生產要素的價格，將來一定會提高，並有可能使本國經濟陷入困境，但短期來看，在一定時期內，低廉的勞動力還是會爲發展中國家帶來相當可觀的利益。可是，無論是與發達國家相比，還是與落後國家相比，開發中國家如果無法具備明確的核心競爭力的話，那麼就將會處於發達國家與落後國家兩面夾擊的困境當中。

美國UCLA的傑弗里·加瑞特教授曾在雙月刊《外交》的十一、十二月號刊上發表了

他充滿奇特想法的論文——〈在全球化中被遺忘的中等（middle）〉。他在這篇論文中指出，隨著全球化的進程，開發中國家將承受來自發達國家與落後國家兩端帶來的壓力。他的見解充滿了說服力：

在今天的市場中，只有那些能夠適應知識經濟體系的專業人才和那些支撐著低工資經濟體系的勞動力供應者才能生存下去。因此，中產階層將逐漸失去自己原來的位置。與其他國家、社會相同，在國際社會當中，只有那些持有尖端技術的先進國家和以廉價勞動力爲武器的商品生產國才能夠找到自身生存的位置。所以，現在在國際社會中正位於中等發達國家行列（middle-income countries）的南美和東、西歐國家，爲了生存，將無可避免地陷入一場苦戰。也就是說，至今爲止，在國際化環境下，中等發達國家並沒有做好同發達國家與其他發展中國家一樣充足的準備。

現在，我們必須將關心轉向在全球化中蒙受到最大損失的中等發達國家的身上。墨西哥、波蘭等國家，如果想要以高附加價值的商品和服務，在國際社會中謀求生存之道的話，就必須在美國市場中與日本、德國等國家進行競爭。但是目前，他們並沒有培養出大量的高素質人才，並且還不具備能夠靈活運用知識的人才，以及能夠給予投資、充分支援改革的經濟制度。最終結果就是，墨西哥、波蘭等國家不得不放棄與發達國家毫無勝算的競爭，同時，也不得不放棄與中國或印度的競爭，因爲這同樣沒有任何勝算。

韓國要有勇氣面對作爲中等發達國家將要遭遇的難關。韓國經濟之所以能夠走到今天，是因爲抓住了冷戰時期寶貴的機遇，這要感謝上天賜給韓國的運氣。但現在，我們不但無法再回到原來的時代，並且還需要對於將要來臨的新時代，保持冷靜的頭腦與判斷力，用新的思考方式和行動來解決難題。

我們無法再走回頭路，我們必須要接著發達國家走過的路繼續走下去。我們可以利用政治來集結各個團體的力量。韓國仍然是一個在賺錢方面有著豐富經驗的、並且保有大量具有賺錢能力的知識人才的國家。在這場消耗戰中，我們不能再繼續浪費時間。我們應該朝著具有建設性、未來性的方向，充分地發揮出我們豐富的知識力量。

在經濟全球化中迅速抬頭的社會主義

在一本關於古羅馬故事的圖書中，記載著一個刻記在一塊墓碑上的故事。一個父親對於自己聰明伶俐、精通拉丁文和數學的這樣一個孩子的死，發出了悲痛欲絕的歎息。讀到這則故事的瞬間，我不由地發出「人的本性是不會改變的」的感歎。人在成長的過程當中，不斷地獲得新的知識，並瞭解了各個眞相，即使是到了科學技術極爲發達的今天，人的本性仍然沒有發生太大的改變。

我們對於他人的成功與成就，總是抱著既羨慕又嫉妒的心情。無論在哪個社會當中，成功者總是少數中的少數，而沒有獲得成功的人總是大多數，因此仍然極有可能形成「嫉妒與怨恨的制度化」。

在已經過去的二十一世紀的近百年間，人們爲了謀求一個平等和諧的世界，幾乎做了所有的社會性實驗。柏林圍牆倒塌之後，法蘭西斯・福山在著作《歷史的終結》中，豪情滿懷地預言了自由民主主義和自由市場經濟將取得完全勝利。

二十世紀末，幾乎所有的社會性實驗都已經宣告失敗。就在這個背景下，人們想到了當時在現代性和政治性方面都並不十分激進的自由民主主義，並爲了在全世界範圍內傳播自由民主主義而做了多方面的努力。而在此之前，自由民主主義之所以沒有得到全世界的關注，最主要的原因就是人類堅韌的本性使然。因爲人類的行爲雖然是具可變性的，但絕非無限度的可變。當根基牢固的本性與行爲方式到了某個特定時期，社會學者們的理想性計畫，就會從根基中開始展露出來。

社會主義國家沒收私有財產、分裂家族、否定位於下層集團的朋友或親屬。雖然社會主義要求所有人都發揮出大公無私的奉獻精神，但是革命並未造就出這種具有「嶄新形態」的人類。社會主義國家中的人們在各個地方抵抗著新制度，最終，隨著一九八九年柏林圍牆的倒塌，也宣布了社會主義的垮台。而人類的行爲也將以更爲持久、更爲成熟的形態，在所有的地方重新出現。

但是，正如福山所說的那樣，我們有必要去理解一下人類堅韌本性的另外一張面孔。那就是從原始社會就隨著人類的遺傳因子，代代流傳下來的共同生產、共同所有的習慣。雖然無論是理論社會主義，還是現實社會主義，都在支付了一大筆高昂的學費之後而宣告失敗，但它們卻有著充分的可能性，以另外一個形式重新復活。

在營造全球化這個嶄新的環境過程中，恐懼、不安、不自然與無可奈何的無力感必將隨之而來，同時，人們也必將尋求另一種形態的理想社會或新對策。而這個新對策大概就會是「類似社會主義（pseudo-socialism）」。

這種展望眞的有可能成爲現實嗎？我們正在經歷的變化，將在強度、速度、範圍等方面達到前所未有的高度。而能夠適應這種高速變化的人和未能適應這種變化的人之間的差距，也必然將不斷地被拉大。並且，人們也必將提出類似於「國民收入達到兩萬美元眞的這麼重要嗎？與此相較，富有人情味的、充滿著愛心的社會不是更美好嗎？現實的社會重要嗎？豐富的物質生活重要嗎？」等疑問，而像這般感性的問題，也將意外地得到人們積極的回應。

會有許多的人在尋找變化差距擴大的原因時，不從自身問題出發，而首先從外部因素開始找起。而眾多似是而非的政治家或學者們出售的安定的未來說，將會得到民眾們的支援。

在筆者的拙作——《孔柄湨的讀書筆記：未來篇》中，曾經提過這樣一個主張：「在『未來』這個問題上，持安定論的人和持變化論的人之間，將產生激烈的鬥爭。以什麼樣的世界觀來武裝自己，將直接影響到你的未來。」這不光是個人的問題，也是所有團體共同的問題。持安定論的團體和持變化論的團體，所走的路線也必將不同。它們的未來也將隨著各自的選擇而將發生截然不同的變化。

維吉尼亞．波斯特萊爾在其著作《未來及其敵人們》中也曾提出過與其相關的見解：

> 我們將要面對的未來永遠是「複雜的眩暈」。而產生這個眩暈的原因並不是因為無秩序，而是無法預測、自然生成的移動的秩序。簡單一點說，我們正生活在一個充滿了創造性的時代，並從這些創造性中產生出變化，而在這個變化中，不但產生了遠離私利私欲的敵人，而且還產生了進行哲學性反省的敵人。雖然也存在著例外，但未來的敵人們不是攻擊創造性本身，而將攻擊含有創造性的活動過程。

在韓國社會的各個地方，我們已經能夠觀察到「攻擊含有創造性的活動過程」。在今天，我們能夠看到，依然有許多人帶著自虐性的歷史觀來看待前人艱辛地開墾一無所有的荒地，並達到今天的富裕的活動過程。

無論是哪個國家的歷史，必然都有一段不幸的時期。韓國人民頑強地在日本統治期堅持過來，經過產業化並達到今天的輝煌成就，這一切並不是某些人所說的自虐性歷史，而是一段值得稱讚、鼓勵與祝福的偉大成就。並且，我們爲了在此基礎上創造出更爲燦爛的未來，而成功地籌備好多種多樣的資源。但是，帶有自虐性歷史觀的人們，卻對這一切表示出相當的鄙視和厭惡，並形成組織，以行使他們的影響力。

我曾經閱讀過在首爾大學教授美術史學的李周榮教授的一篇叫做〈遙想未來百年〉的文章。他既不是一個專門研究社會科學的人，也不是一個用理念武裝自己的人，他只是一個埋首默默研究美術史的知識分子。那麼，在他身上折射出了這個時代如何的焦急與煩躁？

對於研究古代遺物的人來講，一百年只是一個極短暫的時間概念。但是，這段時間對於一個直接生活的人來講，卻又是多麼的漫長！能夠活到百年的人並不太多，甚至有些人連百年的一半也沒能活到。我們重新回顧過去的一百年，百年之前，《乙巳條約》還尚未簽署。百年的時間雖然顯得非常遙遠，但這卻不過是一百年之前的事情。而這期間，也的確發生了許許多多令人不堪回首的事情。我們的爺爺、奶奶、父親、母親們憑藉著驚人的毅力，頑強地挺過了那麼艱苦的歲月。

到了我們這一代，雖然也經歷過一段困難時期，但與過去相比，情況已經大為好轉。雖然同樣也經歷過糾葛與苦痛，但是能夠使自己的祖國進入世界經濟強國的行列，也能夠在國際上挺胸抬頭，理直氣壯地進行各種活動。我們所創造出的成果，在現在仍然是許多國家或地區的平民百姓們所夢想的。而對於這段時期，不知道那些最近陷入了道德性根本主義的政治家或歷史學家們，會做出怎樣的評判，但是後來的人們，一定會將這段時期，當作「我們民族」的歷史中還算光彩的一部分，並將其原原本本地記錄下來。

但是，一想到未來的一百年，我的精神一下子就振作了起來。因爲，我們的孩子與後代將要面臨的時代，是一個難以預測的恐怖世界。難道我們眞的正在爲了使我們的後代能夠擁有安定繁榮的生活，而做著應該做的事情嗎？又或者隨著那些被時代性錯誤的英雄主義所吞噬，甚至和喪失了合理的分辨力和言行品格的人們一同，跌入墮落的深淵？

十年後，你將成為變化論者，還是安定論者？

無論在哪種社會，變化論者與安定論者兩個勢力之間，必然會產生激烈的糾紛與矛盾。

韓國也一樣，也將在兩者之間發生激烈的「支配權爭奪戰」。如果安定論者們掌握了政治支配權，那麼他們會將所有的能源放置在「分食」與平等上面，最終將會把已然過時的社會主義思想，做為二十一世紀的政治、經濟、社會等多個方面的基礎。這種選擇並不會創造出正義的社會，它創造出來的只是一個由於知識能源和創造性得到過分抑制，而充滿了貧窮與痛苦的社會。

變化論者與安定論者擁有著在根本上完全不同的世界觀。安定論者總是對變化抱以懷疑的眼光，並認爲過去的東西才是最好的。他們堅信、建立盡可能詳細的規則或計畫，來進行管理的方式才是正確的。他們認爲應該向國民收取大量的稅金，並認爲政府才有資格成爲解決所有問題的主體。

相反，變化論者認爲「安定」本身就不正常，只有經常變化的東西，才是正常的東西。他們承認人類的知識是有限的，他們甚至承認自己的行爲錯誤與失誤，因爲他們認爲，尋找某種事物的過程本身才是最重要的。

無論是現實社會主義，還是理論社會主義，甚至於類似社會主義，都不能讓它們再次出現在人類的歷史中。過去的二十年中，所有的社會實驗已經向我們證明了這一點。但是，變化差距的擴大、貧困差距的深化、長期的經濟不振、不安感的增加等變化，必然將引起環境的變化，而這種環境很有可能將誘導一部分共同體重蹈歷史的覆轍。

雖然國際化開放的環境，能夠對防止某個特定共同體重蹈歷史覆轍，產生一定的制約作用。但是，當這個共同體無力再繼續負擔鉅額社會費用的時候，就會自然而然地轉變其發展方向。

共同體的政治性選擇，雖然向其構成人員提供著各種恩惠，但同時也使他們支付著一定的費用。在這個時候，我們沒有必要將變化論者劃分得那麼清楚。在飛速變化的國際經濟中，能夠成為最終勝利者的，將是那些具有變化論特性的人們。而由這種具有變化論特性的人們所組成的社會，也將成為社會競爭中的勝利者。以維吉尼亞·波斯特萊爾的定義為基礎，筆者整理出了「獲得成功的變化論者的七種習慣」。而通過閱讀這七種習慣，我們應該重新思考：你、我，還有我們的社會，應該用怎樣的方式、向著什麼方向前進？

第一，變化論者承認自己的錯誤，並相信也許明天就會出現更好的解決問題的辦法。他們對於自己掌握的技術、知識以及信任，並不感到驕傲，也非常清楚自己的知識、技術終將會成為無用之處。因為他們非常清楚，優劣之分是由市場來判定的。

第二，變化論者非常清楚「同一事物，對於不同的人，它的意義也不同」這個道理，因此他們並不認為別人也要擁有與自己相同的思想。他們的生活充滿了多樣性和寬容。

第三，變化論者喜歡學習和創造，並瞭解「按照世界的變化趨勢，調整個人的發展計畫」

廣　告　回　信
台灣北區郵政 管理局登記證
北台字第15949號

235-62
台北縣中和市中正路800號13樓之3

印刻出版有限公司　收

讀者服務部

姓名：＿＿＿＿＿＿＿＿＿＿＿＿　性別：□男　□女

郵遞區號：＿＿＿＿＿＿

地址：＿＿＿＿＿＿＿＿＿＿＿＿＿＿＿＿＿＿＿＿＿＿＿＿

電話：（日）＿＿＿＿＿＿＿＿＿＿（夜）＿＿＿＿＿＿＿＿＿＿

傳真：＿＿＿＿＿＿＿＿＿＿＿＿

e-mail：＿＿＿＿＿＿＿＿＿＿＿＿＿＿＿＿＿＿＿＿＿＿＿＿

INK

NK
UBLISHING

讀者服務卡

您買的書是：________________________________

生日：________年________月________日

學歷：□國中　□高中　□大專　□研究所（含以上）

職業：□軍　□公　□教育　□商　□農
□服務業　□自由業　□學生　□家管
□製造業　□銷售員　□資訊業　□大眾傳播
□醫藥業　□交通業　□貿易業　□其他________

購買的日期：________年________月________日

購書地點：□書店　□書展　□書報攤　□郵購　□直銷　□贈閱　□其他

您從那裡得知本書：□書店　□報紙　□雜誌　□網路　□親友介紹
□DM傳單　□廣播　□電視　□其他

您對本書的評價：（請填代號 1.非常滿意 2.滿意 3.普通 4.不滿意 5.非常不滿意）

內容______　封面設計______　版面設計______

讀完本書後您覺得：

1.□非常喜歡　2.□喜歡　3.□普通　4.□不喜歡　5.□非常不喜歡

您對於本書建議：

感謝您的惠顧，為了提供更好的服務，請填妥各欄資料，將讀者服務卡直接寄回或傳真本社，我們將隨時提供最新的出版、活動等相關訊息。

讀者服務專線：（02）2228-1626　讀者傳真專線：（02）2228-1598

的重要性。他們認爲只有人們可以自由自在地學習、毫無顧忌地宣洩自己的主張，並能夠將自己的想法付諸於實際行動的時候，獲得幸福的可能性才會增加。

第四，變化論者想要獲得的並不是快樂，而是由不斷的追求而構成的世界。他們夢想創造出更加美好的事物、建設更加美好的國家。爲此，他們不斷地進行著挑戰與實踐。

第五，變化論者相信新思想和批判也是一種學習。他們即使不知道是否會爲了今後的投資而感到後悔，但仍希望自己時時刻刻都能夠接觸到更多的新鮮事物和知識。他們能夠忍受令人討厭的實踐、保持觀望的姿勢，並相信批判是一種在變化過程中不可缺少的元素。

第六，變化論者能夠在選擇和競爭即將到來之前，感到無比的喜悅。

第七，變化論者不願將自己的思想只固定在某一種變化方式中。他們認爲經由挑戰、實踐、甚至失敗的學習方式才是眞正有價值的。他們重視過程，並相信這種過程才是人生「眞正有意思的部分」。他們認爲只有自由自在的實踐和學習的機會得到保障的時候，人類社會才會得到眞正飛速的進步。

八、愈演愈烈的資源戰爭

伊拉克戰爭就是石油戰爭

現代文明就是構築在石油之上的，即便使用「非常重要」這個辭彙，也不足以表達出石油在我們生活當中所占的重要位置。看一看現在世界能源的消費狀況，在所有能源資源總量當中，石油占據了百分之四十以上，而煤炭與天然氣各占了百分之三十與百分之二十。雖然人們在消耗大量能源的同時，也在致力於研究開發能夠替代現有資源的新型能源。可是直到現在，化學燃料的消耗量仍然占據了人類所消耗的所有能源總量的百分之九十以上。

二〇〇三年，韓國的石油消耗量達到了每天二百三十萬八千桶，成為繼美國、中國、日本、德國、俄羅斯、印度以後的世界第七大能源消費國。而原油進口規模則排在美國、日本、德國之後，成為了世界第四大原油進口消費國。在長時期以來，一直呈現平穩趨勢的原油價格，從二〇〇三年中期開始，經過了幾次起落之後，開始呈現上升趨勢，每桶的原油價格曾經一度突破了四十美元大關（編按：二〇〇五年八月一度漲破七十美元）。

現在世界平均每人的能源消費量與四十年前相比，大約增長了二・五倍。特別是，不過占世界人口總數百分之十五的OECD國家的能源消費量，竟然達到了世界能源消費總量的百分之五十二。而發達國家當中，美國與加拿大的能源消費量大得驚人。單從石油消費量上來換算，平均每人的消費量達到了二十六公升，這與日本和西歐國家的十一公升相比，是一個讓人瞠目結舌的消費量。並且，人口數量還不到世界總人口百分之四的美國，竟然消費著以石油爲首的世界主要能源的百分之二十五。

因此，美國的外交、政治或軍事政策等行爲，主要將目光盯在世界的主要資源，特別是石油的穩定供應上面。一九九六年，美國中央情報的次長約翰・凱農曾經說過：「萬一世界能源的供給出現了不穩定的局面，那麼美國將受到極大的衝擊。我們爲了維持美國的經濟水平，必須進口相當數量的石油。並且，因爲美國所需要的大量石油基本都是由波斯灣國家輸入的，因此爲了保持美國石油穩定地進口，我們必須時時刻刻地注視著波斯灣周遭所發生的每一件事情，並警惕其他國家的關係介入。」

因此，我們可以想到伊拉克戰爭的爆發，美國最實質性的目標就是「確保石油」。以托馬斯・弗瑞德曼爲首的一部分知識分子公開地批評：「伊拉克戰爭的眞正目的，就是美國爲了占有伊拉克那個擁有世界石油儲藏量百分之十的大油田。」

石油問題專家菲利普・貝爾雷格曾指出：「現在全世界生產出來的石油，近七分之一正消費在美國的高速公路上。」他還強調：「美國人應該從自身做起，積極地減少石油的消費量。」因爲，美國如果降低了對石油的依賴度，就能夠向其他國家顯示出對中東政策的透明性與公正性。

石油就是武器

理想與現實是不同的。在產油國的立場上，他們必定想以維持最高的原油價格，來掙取最大的利潤。而在美國和其他西方發達國家的立場上，他們希望能夠儘量維持一個相對低廉的原油價格，這樣不但能夠保證本國的利益，還能夠保證世界經濟的持續增長。

事實上，油價的變動能夠導致世界經濟的發展，甚至使其停滯。而直接能夠向我們證明石油巨大影響力的事件，就是發生在一九七三年和一九七五年的兩次能源危機。一九七三年十月，阿拉伯與以色列之間的紛爭，使世界認識到「石油是一種戰略性商品」的事實。當時，爲了懲罰支援以色列的美國，阿拉伯國家中斷對美國的石油出口。OPEC（石油輸出國組織）也將原油價格提高了近四倍。

這一事件對世界經濟產生了很大的影響，由於原油供應量的不足，引發了全世界長期的經濟不振。當時噩夢般的石油事件，使得全世界都認識到，穩定的石油供給關係才是發展世界經濟最必要的基本條件。雖然在一九七四年三月，阿拉伯國家解除了石油禁運條令，但這一事件仍然給以美國爲首的西方發達國家留下了深刻的印象。而這以後，該事件對美國的對外政策又產生了怎樣的影響呢？作家邁克爾．克萊爾寫出了著名的《資源的支配》一書，並提出了自己的觀點：

一九七三到一九七四年發生的一系列事件，在石油和世界主要產業國安全保護之間緊密相連的關係上，造成了長久的傷害。而出於「石油供給中斷事件不知何時還會發生」這種憂慮之下，石油進口國家在發生糾紛可能性極小的地區（比如北海與阿拉斯加北部的傾斜地帶），發掘出了新的石油儲藏地。這是因爲在安全的場所儲備大量的石油，會使它們在萬一發生意外的情況下，可以將損失減至最小。爲此而做出了不斷努力的美國，也在新增設的戰略性石油儲備設施中，儲備了數百萬桶的石油。

對於一九七三到一九七四年的「能源危機」，當時美國的反應並非只是防禦性措施。最初，高階官員們開始對於「爲了保證經濟的穩定發展，使石油的供給得到穩定的確保，美國應該採取怎樣的對策」進行了討論。特別是政策制定者們爲了防止產於波斯灣的石油，在輸送問題上再次陷入困境，開始考慮美國是否應該在中東地區進行軍事介入等問題。最初，這部分討論內容只屬於非正式內容。然而一九七五年，隨著當時的美國國務卿季辛吉在接受《商業周刊》記者採訪時表示，「如果是關於石油的問題，美國為了保護本國利益，將不惜發動戰爭」，導致這段曾發生過的祕辛公諸於世。華盛頓也表示，如果只是侷限於石油價格的糾紛，美國將愼重考慮是否使用武力解決。但如果問題是發生在「對於產業化的世界，造成了實際性的供給不安」的地方，美國則會毫不猶豫地選擇使用武力。而這種從西方世界的安全保護與利害關係為出發點的政策基調，也成為了此後美國制定軍事計畫的主要思考重點。

石油是否會枯竭？

將來的石油價格將會發生怎樣的變化？在預測這個問題時，我們需要從三個方面去進行考慮。第一，關於優先供給的方面；第二，對於有可能開採的石油儲藏量，需要進行正確的資訊確認；第三，對於在地域性上呈偏重狀態的石油供給國的政策、經濟、社會等狀況的預測。從結論上來講，在今後十年當中，原油價格將會呈不斷上升的趨勢。但是正如同部分人士所說的，油價的上升並不會帶來經濟崩潰的危險。這也就是說，我們充分具有應付油價的不斷上升這個趨勢的能力。

至於石油枯竭的問題，也並不是近期才出現的話題。一九一四年，美國的礦產局就危言聳聽地宣稱，世界石油的埋藏量只夠人類再使用十年。同樣，在一九三九年，連美國的內政部也曾經爲「石油枯竭說」造勢，宣稱地球僅剩下了供人類使用十三年的石油儲藏量。

「資源枯竭論」就像是老主顧的菜單一樣，每到快要被人遺忘時，就會重新登場。對於資源和生長的危險，最著名的資料當屬在「能源危機」爆發一年前，一九七二年發表的羅馬俱樂部的《生長的界限》這份資料的主要內容就是，某些人利用當時最尖端的研究設施——電腦，對於人口、資源、能源、垃圾等幾種因素進行了虛擬分析，得出了「到了二十一世紀中期，世界將會陷入嚴重的資源枯竭危機當中」的結果。一九九二年，《生長的界限》的修正版《越過界限》正式出版。在中，作者預測了石油和天然氣的枯竭臨界點分別是二〇三一年與二〇五〇年。一九七二年版和一九九二年版的書中，分別在供給界限和「幾何級數性成長的本質」的需要不可統御性中，尋找產生危機的原因。

由於石油是一種有限的資源，所以不可能無限量地供給。因此，「在未來的某一時刻，會由於供給量的不足而產生石油危機」的看法得到了普遍的認同。但是，對於這個問題，我們也完全可以從另外一個全新的視角進行分析。雖然目前爲止，擁有這種視角的專家還屬於極少數，但是丹麥國立環境研究所所長在他的著作《懷疑性的環境主義者》中，提出了他的三個觀點。第一個觀點：「已探測到的資源」絕不是有限的。他對於「石油儲藏地是有限的」這一說法表示了不認同的態度。第二個觀點：資源的開發與使用方法正在得到改善。以美國爲例，依據地質調查局的報告書，隨著技術的不斷提高，只是在現在所知的油田當中，就可以實現百分之五十以上的石油增產。

還有，一九七三年以後，汽車的燃費得到了百分之六十以上的改善。歐洲和美國在住宅供暖效率性上面，也取得了百分之二十四到四十三的改善效果。現在，我們充分擁有提高能源使用效率的方法，只是在能源的價格上還不具備應用新技術的經濟性，因此我們暫時不採用這些方法而已。

最後一個觀點，他提出了開發能源代替品的可能性。雖然在短期內，這還只能侷限於類似天然氣的其他化石燃料，但是在將來，我們在核能、風力、太陽能、生物資源等領域，將得到突破並積極利用。

例如，日本豐田汽車公司生產的Hybrid，就是利用汽油發動機和電池並行驅動的汽車，Hybrid也就是雜種混合物的意思。這種汽車的燃費比一般汽油汽車的燃費低百分之五十左右，僅爲每公升三十五公里，是一種可以馬上投入使用的車型。據日本汽車業人士預測，到二〇一〇年，這種Hybrid汽車將替代一般的汽油汽車，並在豐田公司的總銷售量中占百分之三十以上。

豐田公司的研究並不僅限於此。他們還預測三十年後，化石燃料由於臨近枯竭而會導致價格上升。爲此他們正在全力進行一種能夠將氫氣作爲燃料使用的燃料電池（fuel cell）。根據豐田公司的研究，在紅薯等植物中，能夠抽取出他們所需要的氫氣。因此，二〇〇一年豐田公司在印尼設立了法人，並收購了數十萬坪的超大型農場。這些動作說明了，豐田公司爲了生產出利用紅薯製造的生物分解性塑膠，並且爲了燃料電池形成大眾化的未來三十年後，進行著備戰。從而對優質紅薯的生產與加工設施進行著長期投資。

我們要牢記「需要是發明之母」這句格言，沒有必要對於石油的未來過度悲觀。在將來，由於中國的高速成長而將會導致石油需要不斷上升，從而引起石油價格的上升。傑出的資產家馬克·費伯曾經對於中國經濟的高速成長，在石油價格上產生的影響，做出了如此的診斷：

現在，人口達到三十億的亞洲，每天消費的石油總量大約是一千八百萬桶左右。而與此相比，美國二億八千五百萬人口，每天的石油消費量則多達二千二百萬桶。在人均消費量上面，美國是中國的十倍左右。但是，最近亞洲的石油使用量呈急遽的上升趨勢，一九九二年以後的十年間，中國的石油使用量已經增長了兩倍。

據我預測，在未來的十年間，亞洲的石油消費量還將增長兩倍。即，每天的消費量達到三千五百萬到四千五百萬桶左右。但是，即便如此，如果按照人均消費量來計算，仍然處於比現在的中南美人均消費量還低的水準。因此，從亞洲的經濟生長潛力、產業化以及生活水平提高的速度等方面進行綜合考慮，我的預測就是，亞洲的石油消費量將在未來十年間增長兩倍，我認爲這個預測是充分能夠變成現實的。

亞洲石油消費量的增加，將會給與石油供給有著緊密關係的地理政治學性的環境，帶來巨大的變化。中國在未來幾年中，在對待中東或中亞地區的問題時，將會以更加積極的姿態進行介入。而這種介入，則會使這些地域內產生額外的緊張因素。特別是在中東和中亞地域，中國與美國或是中國與俄羅斯之間，將會不可避免地引發利害衝突。如果結合五、六年後世界石油生產量將呈減少趨勢的預測，我個人認爲，亞洲區域的石油需要肯定將會導致石油價格的上漲。尤其是站在投資者的立場，這一點是必須要注意的。

（馬克・費伯，《明日的金脈》）

除了中國的石油需要增加以外，石油價格的起伏，還受到不安定的中東地區的政治、經濟、社會環境等因素的影響。但是，如果考慮到已進行開採的油田和將被探測到的油田的開發、開發能源替代品的可能性等樂觀因素，我們好像就沒有什麼必要持悲觀態度了。

當然，這並不是說我們可以放慢提高能源效率的腳步，也不意味著我們可以不對可能發生的事件進行事先準備。另外，我們還要時刻記住，確保石油的穩定供給與維持適當的油價，並非只是某個特定國的事。如果能夠直視國際現況，我們就能夠在制定和推行政策的時候，從過分的天眞和基本教義思考方式中脫離出來，從而做出正確的選擇。

對於非能源資源可以安心嗎？

現今，人們對非能源資源，即鐵、銅、鋁、水泥、金、鋅等資源的枯竭問題顯示出了極大的關心與憂慮。由於這些資源無法在短時間內重新生成，因此隨時都可能出現價格暴漲，因此成爲人們最擔心的事情，其中對此表示出最憂慮的則是環境主義者。同樣，在著名的《生長的界限》一書中，也分別對這些非能源資源的枯竭臨界點，做出了預測：金是一九八一年，銀與水銀是一九八五年，鋅則是一九九〇年。但是，時間已經過了數十年，直到今天，沒有任何能夠證明這些資源已經臨近枯竭的證據。

不僅是環境主義者，做著正統生意的實業家們也紛紛對自己所經營的原材料遲早會枯竭這個問題，表示出了極度的憂慮。這些都直接反映出人們心中，對於無法重生的資源所產生的不安和憂慮。就連美國鋼鐵實業的先驅者安德魯・卡內基，也曾於一九〇八年在白宮舉行的州長級會議上表達了自己的憂慮。他說：「對於鐵礦石正在逐日減少這個事實，我一直以來都抱著極度的關心。我們曾經一度認爲，豐富的高質量鐵礦石將不會再在這個地球上存在太久，而二十世紀後期，地球上將只剩下質量低劣的鐵礦石，這對我來說，不能不說是一個很大的打擊。」

但是，由於人們一直沒有放鬆對採掘技術的開發，因此，在過去無法使用的鐵礦石，在今天都能夠得到很好的應用。並且，到二〇〇〇年爲止，地球上所發現的所有鐵礦石，可以供人類再使用二九七年。

對於需求暴漲這個問題，我們也不必過於憂慮。從十九世紀開始，銅開始被使用於製造電線，由此引發了銅材需求量的爆發性增長。僅在十九世紀初期，銅的年生產量就達到了一萬五千噸。而在一九五〇年，雖然當時傳說地球上僅剩下了供人類使用四十二年的銅礦，但那年的生產量仍然呈急遽上升趨勢，並導致銅價跌了近四分之一左右。而即使我們一直持續二〇〇〇年的銅材消費量，地球所剩下的銅資源，仍然可以供我們再繼續使用五十年左右。這是考慮了一九五〇年以後消費量增長了近五倍左右的情況之後，得到的比當時略高一些的預測值。

這些事實都在向我們說明可能採掘量並非是固定值。雖然與過去相比，大部分的原材料的消費量都增加了幾十倍以上，但是「可開採年數」也在不斷延長。當某種資源被判斷爲有需求，並且能夠在採掘中得到相應的利益的時候，就一定會引發許多人爲此而爭奪得頭破血流。「需求創造供給」這個古老的經濟學法則，不但在製成品市場，即使在原材料市場上，也是一條永恆不變的眞理。

不過在二十年前，我們曾經需要用六百二十五條銅線才能處理的電話通話量，在今天只需要一條很細的光纖就可以完成任務。當原材料的產品效率增加時，即便不開採追加性原材料，我們也能生產出合格的商品。並且，當某個特定原材料出現短缺，或價格暴漲的現象時，必然會有某種能夠替代這種原材料的新商品登場。

原材料價格是否會上升？

最近，由於中國的高速成長，導致原材料需求的大量增加，從而引起了原材料價格日益上漲。這是因爲這些無法重生的資源，隨著需求的增加，而導致短期內無法找到能夠替代解決的材料而產生的。另外，由於原材料的價格長期以來處於一個過分低廉的水平，從而導致了對相關領域無法進行適當的投資，這也是沒能解決最近需求激增問題的另外一個原因。

馬克・費伯做出了「從二〇〇二年開始的國際原材料價格的全盤性上漲趨勢，在一段時期內仍將持續」的預測。在資本主義歷史上，原材料價格的上漲率，從未超過物價上漲率和銀行儲蓄利息，這是因爲過去的二、三十年中，原材料的價格過分低廉的結果。因此，他認爲最近的原材料價格的上升，是一直以來過低的國際原材料價格恢復到原來價格的徵兆。馬克・費伯還曾這樣說道：

現在，以亞洲爲首的新興經濟國家眞正需要的是原始材料，即，原材料價格的合理化，將成爲大型投資材料。在國際原材料價格上升的情況下，俄羅斯、印尼、馬來西亞、泰國、菲律賓等國將成爲直接受益國。

隨著中國的龐大需求而導致原材料價格的上升，是否就意味著原材料價格眞正開始上漲，這還需要一段長時間的觀察才能得出結論。這裡有一點需要我們留意，那就是在過去的一百五十年中，原材料的價格一直都呈下滑趨勢的事實。另外，如果考慮到前面曾經提到過的替代材料的開發和資源的效率性使用等對策，我們可以大膽地推測，隨著中國的高速成長而引起的原材料價格上漲，只是一個暫時的現象而已。

比其他人能夠更早預料到這些龐大需求的人們，將從中獲取大量的財富。而引發投機性需求的人也會隨時登場。這些人利用最近急遽增長的中國需求，正獲取著巨大的利益。短暫來看，不僅僅是實質性需求，投機需求也會對原材料價格的上漲發揮一定的作用。

但是，需求必然產生供給。暫時性的價格上漲，會被供給的增長或者替代性商品的開發所抵消。一九七八年，薩伊共和國由於本國內政等問題，曾經減少了鈷的百分之三十對外出口量。由於鈷原料價格的暴漲，人們用陶瓷磁石代替鈷合金磁石進行使用。而含有鈷成分的油漆，也被含有錳的油漆所替代。因此沒過多久，鈷的價格又回到了原來的價位。

原材料的價格暴漲也將按著適當的水準，在長期內維持一個穩定的下降趨勢。

九、世界和平何時到來？

越來越近、矛盾與糾紛不斷發生的世界

「最初」總是伴著忐忑不安和期待開始進行的。隨著新千禧年的到來，人類總會希望與過去的一百年相比，未來的這個世紀會發生一些令人驚喜的事情。人們抱著虔誠信念，祈禱矛盾和糾紛的時代趕快過去，眞正的和平年代終會到來。可是，遺憾的事情還是發生了。二十一世紀的第一年——二〇〇一年的九月十一日，令世人震驚的恐怖分子襲擊美國的世界貿易中心，使那裡變成了人間煉獄。

即使現在還僅僅處於全球化的初期階段，但是人們仍然認爲，市場的合併將會給人類帶來一個安定團結、物質豐富的世界。人們還憧憬著隨著市場的擴大和自由貿易的飛速發展，已經從貧困中脫離出來的地球村，將會變成一個繁榮昌盛的共同體，同時這些也將會爲人類

帶來一個和平的世界。但是，並沒有經過很長時間，我們就知道了，這些只是眞實情況的其中一個層面而已。

在當今這個相互緊密連結的世界，過去人們無法清楚地知道鄰國發生了怎樣的事情，但現在這些都已經變得非常簡單。隨著國家距離遠近的不同，對於各自國內所發生的大事、要聞的傳播速度和程度都不盡相同。但在今天，各國的社會問題對其他社會造成的影響越來越大。

《漢堡？還是泡菜？》的主要作家馬文．佐納斯，與其他共同作者們在這本書中指出，在全球化的過程中，由於我們忽視了地域政治會繼續在全球化的過程中產生影響這一事實，使得我們在展望全球化帶給我們的未來時，顯示出過度的樂觀態度。

「國際化」不再只停留於地區政治的範圍，而是不斷地擴大其影響力。將距離我們遙遠的國家內部發生的問題，拉近到我們的周邊。使發生在地球另一邊的政治性事件，可以影響到世界所有人的生活，這也是全球化的負作用。

沙烏地阿拉伯王室利用龐大的油田，爲自己與家族積累了無法數計的財富。然而，伊斯蘭極端主義者對於王室的浪費和腐敗心存不滿，並且隨時準備推翻沙烏地阿拉伯王室的統治地位。這一切本不過是沙烏地阿拉伯海灣內部的問題，可是由於沙烏地阿拉伯無法運用自身力量來解決這個問題，使得大量的年輕人將目光轉向了伊斯蘭基本教義。

在「九一一恐怖事件」中，直接完成這次恐怖任務的執行者，就是十五名劫機犯。他們雖然幾乎都經歷過高速發展的現代化進程，同時他們又都出身於遭受社會性分裂、生活水平依然停留在貧困程度的阿拉伯地區，這一點向我們暗示著許多問題。

一位屬於中產階級的沙烏地阿拉伯人，在接受《紐約時報》專訪時，曾經這樣對托馬斯・弗瑞德曼說道：

這個地區的問題並不在於伊斯蘭教。問題的關鍵就在於沒有工作機會，不能進大學學習，除了伊斯蘭寺院以外，無處可去的年輕人數量實在是太多了。可是，在寺院中有一部分持激進態度的神職人員，他們的頭腦中充滿了對美國的仇恨。現在的沙烏地阿拉伯，每個家庭都有大約三、四名失業者，這才是眞正的問題。

托馬斯・弗瑞德曼在自己著作《硬度與態度》這樣寫道：「在數以萬計的伊斯蘭教徒們的憤怒背景下，有的並不是金錢的貧困，而是尊嚴的貧困。即便接受了教育，也避免不了受到挫折的伊斯蘭年輕人，憤怒的原因也正在於此。」

那麼，解決這個問題的對策應該由誰來尋找呢？他們應該依靠自身的能力，從腐敗的王室統治和壓制性的制度下解脫出來，建立民主性的政治制度，使更多的人能夠得到良好的教育，並扶植更多有發展潛力的產業。爲了脫離貧困，人們需要來自共同體方面的積極努力。不僅是沙烏地阿拉伯，全體阿拉伯人都應該用「自力更生」的精神來武裝自己，並行動起來。可是遺憾的是，現在我們無法看到這種努力正在進行的任何徵兆。

根據聯合國發表的《阿拉伯人報告書》表明，現在二十二個阿拉伯國家的總人口數爲兩億八千萬人，而到了二〇二〇年，可能會達到四億一千萬到四億五千萬人左右。這份報告書中還指出，即使將二十二個阿拉伯國家的GDP全部加起來，還不如西班牙一個國家的國內生產總值多。這個意味深長的例子充分地向人們說明了阿拉伯國家正處於一個怎樣落後的地位。全體阿拉伯國家每年翻譯的圖書總數不過三百本，這個數值甚至還不到希臘一個國家每年翻譯圖書總量的四分之一。

雖然表面上看起來，阿拉伯國家的一部分富有階層，由於占有著大量的油田，而享受著人間最奢華的生活。但普通百姓卻處於深深地陷入絕對貧困而無法自拔的境地。然而這種痼疾性與根本性的阿拉伯國內問題，在全球化和國際社會都產生巨大的影響。

如果一個國家不具備依靠自身的力量去解決發生在本國國內的問題的能力，那麼在短期內，世界上的矛盾與糾紛將不會相對呈減少趨勢。即使在將來，國家之間或集團之間仍會頻繁地發生矛盾和糾紛，恐怖事件的陰霾也仍然會籠罩在世界的上空，而這一切都源於人類的本性。

現在位於華盛頓的卡內基財團，是一個爲了世界和平而正做著努力的機構，卡內基財團的訪問研究員侯賽因・哈卡尼，有著輝煌的經歷。他不但曾經擔任巴基斯坦的首相輔佐官，還曾擔任過斯里蘭卡駐巴基斯坦外交大使一職。他曾經在《國際先驅論壇日報》發表過一篇名爲〈回教徒爲什麼對西方國家持批判態度？〉的專文。在這篇文章當中，他對「不注視自身的問題，而總是想將問題的根源推在富有人身上的人性」提出了批評：

回教徒（穆斯林）與普通人的生長環境不同。普通人是生活在有著嚴格分析意識的自由社會，而回教徒則生長在政府支援下的意識宣傳當中。這種宣傳使得回教指導者們喪失了正確判斷社會弱點的能力，從而誘導他們將注意力完全放在他人對穆斯林的「侮辱」上面，淪爲了某些人或某集團的工具。同時也使他們在對待外部敵人的時候，與知識相比，他們更加尊敬權力。因此，與學者或發明家相比，一名英勇的戰士，更容易成爲普通人心目中的英雄。所以，在以十分單純的「我們與他們」的世界觀來衡量，穆薩拉夫以及賓・拉登就成爲了他們心目中抵抗外部敵人的英雄。

反過來看，對於勇士的崇拜，也造就了回教沒落期間穆斯林的世界觀。回教徒們在過去的兩個世紀期間，沒有任何勝利的紀錄，擁有的只是不斷增加的好戰性和對武器的崇拜。

另外，所有的事物都與貧困這個問題有著緊密的關聯。根據二〇〇〇年世界銀行的資料顯示，西方發達國家的人平均收入達到了二七、五四〇美元，美國爲三四、二六〇美元，以色列也達到了一九、三二〇美元。而另一方面，回教國家的平均收入只不過爲三、七〇〇美元。在所有的回教國家中，沒有任何一個國家達到或超過了世界平均水準的七、三五〇美元，這也直接向我們說明了那些阿拉伯國家貧困的生活實態。

嫉妒、自私和人類尋找代罪羔羊的普遍心理，將在與世界變化完全無關的人類心靈深處，繼續發揮著它們的影響力。如果只是像過去，人們不知道其他人過著怎樣生活的話，問題就會變得簡單。但是，現在由於人們很容易就能夠知道其他人的生活狀況，因此會感到不平與憤怒，並很有可能由此引發暴力事端。

並且，能夠以一個國家爲對象行使暴力行爲的「超強的個人（super empowered individuals）」也已經登場。全球化使得個人的能力得到了增長，即使不經由國家行爲，也能夠讓個人盡情發揮自身的力量，並將全世界牢牢地綁在一起。雖然人們能夠將個人擁有的力量，發揮在具有建設性的方向上，但同時也有可能因爲對世界秩序心存不滿，從而按照誤導的信念，將個人的影響力發揮在具有破壞性的方向上。臭名昭彰的賓．拉登正是這個「超強的個人」的象徵性人物。

到底是誰在支援恐怖行為？

從傳統意義上來看，國家間的衝突，是引發國際社會動盪不安的主要因素。但隨著各個國家之間的交易規模不斷擴大，這種傾向的確降低了許多。當然，與宗教、人種和領土等相關的痼疾性紛爭仍將持續。正如大家親眼目睹到的亞洲金融危機一樣，國家和市場之間也已經經歷過衝突。

雖然我們沒有機會親身經歷過，但是，在未來很有可能將在「超強的個人」身上找到矛盾和糾紛的擴散原因。元老級外交官羅伯特．庫伯曾提到了「力量從國家轉移到個人，即對恐怖分子或犯罪者進行再分配的可能性」，並指出「在新世紀中，可能遭受到無法治社會和技術兩方面共同踐踏的危險」。

憑藉現有的力量，我們沒有百分之百能夠阻擋那些擁有著高性能武器，並爲貫徹自身的信念而不惜犧牲性命的恐怖分子襲擊的把握。其中最具有代表性的事件當屬「九一一事件」。這次事件可以說是人類在對抗一部分極少數的極端恐怖分子，保障社會安全穩定的過程中，未曾經歷過的新型挑戰課題。而且民族、理念、宗教等根深蒂固的矛盾和糾紛，仍將在未來繼續持續著。

在未來，我們將暴露在與過去完全不同的暴力世界中。在新世紀開啓時，我們曾經憧憬過的美好未來和幻想，終將變爲虛幻。

現在，爲了維持世界的文明與秩序，人類應該齊心協力，共同抑制新型暴力事件的發生。羅伯特．庫伯在其著作《和平的條件》中描寫了被危險籠罩著的世界的樣子：

我們身處在一個極度危險的世界，而這種危險性將在未來日益擴大。恐怖行爲和大量殺傷武器，就是兩大危險因素，它們使我們的安保環境發生著急遽的變化。衝突將導致比以往任何情況都要慘重的損失。因此，爲了解決我們自身的問題和其他國家的問題，我們必須積極地去尋找相應的對策。從前，我們只要管理好本國問題就可以了，但是今天的情勢已經大不相同了。在世界和平的年代，任何國家都有可能成爲孤島般的存在。今天，無論是喀什米爾和中東地區，還是朝鮮半島的危機狀況，都會對所有大陸的安保產生影響。因此，這些問題也成爲了所有人都關心的事情。

解決國際問題的正確態度

我們如果能夠正確地理解這種時代性的變化，那麼我們對於能夠維持世界文明和秩序，並能夠在世界上行使支配權（霸權主義）國家的出現，即使不去做堅實的擁護者，至少也會自然而然地接受它。否則，世界上將會有更多更具有好戰性的非法勢力登場，而世界也將陷入無秩序和極度混亂的局勢當中。

對於持有霸權主義的勢力，我們不可避免地會產生一些抵制或反感，但是爲了世界的和平，我們需要努力地控制這些情緒。特別是一些政治人物，爲了達到自己的政治目的，而利用這種對霸權主義的抵制心理，將會導致在外交上支出一筆龐大費用。在這一點上，韓國人應該帶著更加現實和實用性的視角，去看待國際問題。

我們更不能以狹隘的國家利益觀點，去解決外交問題。一個擁有一定水準以上經濟實力的國家，或是一個一直從國際社會上接受著相當利益的國家，就必須對國際社會負起與自己所處的地位相應的責任和義務。特別是在要求建立國際合作關係的問題上，如果過度地考慮本國的利益，則有可能失去更大的利益。與他國建立合作關係的時候，與眼前的利益相比，我們更應該關注，這種合作關係是否符合兩國國情，並能做到互利互惠。以此原則做爲基礎，和同盟國之間是否能夠創造出共同的價值和希望，則更爲重要。我們有必要記住外交家的格言：「外交政策並不只考慮利害關係。」

韓國將在國家形象問題上陷入多重困境之中。但有一點可以肯定，韓國的國家形象問題將在與同盟國的關係方面產生深遠的影響。更多時候，外交政策是一種國內政治的對外反映。在這一點上，韓國人應該牢記，本國的政治性決定最終將影響到外交政策的決定。

十、新游牧社會，不斷增強的移動性

隨時可以離開

在史論和藝術理論上，造詣極深的中國余秋雨教授的著作——《歐洲之旅》中，敘述了一段令人回味深長的內容。作者以細膩的筆鋒，描寫了他每次看到羅馬的廢墟，都能對曾經盛極一時的古羅馬帝國的迅速衰退，感受到強烈的遺憾之情。而這種遺憾，正是在中國人心中根深蒂固的感情，正是對古代文明的一種懷古和歎息。

每次訪問羅馬的廢墟和歐洲的歷史古跡，余秋雨教授都會情不自禁地陷入深深的懷古之情。每當這時，他都會由衷地發出「我也意識到了身在歐洲，但是嘴上卻仍然說著那些只有在過去的戲劇中才會出現的老套話是不恰當的，雖然也曾多次試圖擺脫這種感覺，但最終還是做不到」的感概。

但是，對於這種感情，歐洲人彷彿並沒有過多的留戀之情。對於這個現象，余秋雨教授診斷爲「自己的這種感情，是一種只有中國人才能觀察到的，類似症候群的東西」。

但是，這種現象並非只存在於中國人的身上，韓國人也同樣具有。筆者在留學期間，就曾經把從不回頭、每天重複著相遇、分離的美國人，與韓國人進行過比較。並且多次發出「韓國人具有懷古和復古性」的感慨。

我們在不斷前進的同時，也會經常躊躇猶豫、回想從前，並產生遺憾、悲傷和感歎。不論產生這種感情的原因是什麼，與美國人或歐洲人相比，韓國和中國等東方人在本質上，與大膽向著未知世界前進的航海文明或游牧文明的距離是相當遙遠的。對於這一點，余秋雨教授作了精闢的說明：

大多數的西歐文人在對待其他文明時，都會以自我的想法進行推測和判斷。最可笑的就是，他們以幾乎接近幻想的方式，武斷地認爲中華文明是一種淹沒在對外擴張欲望當中的危險文明。他們之所以認爲中華文明帶有極度的威脅，是因爲他們並不眞正地瞭解中華文明。當然，中華文明中也存有弊病，但是中華文明從本質上也絕不是航海文明或游牧文明。因此，中華文明中並不存有他們所主張的那種對外擴張的欲望。當然，中國歷史上也曾經有過像明朝鄭和那樣的人，多次試圖進行長途航海的人物，但是，這些人物在根本上與那些生長在西歐航海文明中的對外擴張者是完全不同的。

在開拓未知的世界方面，最努力的就是歐洲人。對於他們，大自然就是征服的對象，就是對於過去、現在和未來的一種橋頭堡般的存在。因此，只要一有空閒，他們就會離開。他們不受自己成長的故鄉、親人或其他人際關係的約束，隨時都準備前往另一個陌生的地方。與歐洲人一樣，以歐洲人爲祖先的美國人，也具有同樣的特性，這也成爲了他們生活方式的一種。任何時候都能拍拍衣服，離開自己成長的土地，這就是美國人。但是，在美國人當中，很少有人會因爲過去黑暗的遺產或歷史性責任，而感到心靈不安。

拍拍衣服離開家園，追求另一個未知的世界，這原本就是西歐式的生活態度。在東方文化圈中，即使是上了年紀的人，也很難接受這種生活態度。尤其對於與筆者年紀相仿的人來講，這種生活態度永遠也無法被接受。但是，在年輕一輩當中，這種生活態度正在以極快的速度擴散，並有可能在他們的頭腦中形成支配性的思考方式或價値體系。正如麥當勞與星巴克等美國生活方式正在全世界快速普及一樣，美國式的思考方式與價値體系的普及也同樣將成爲普遍現象。

在年輕人的精神世界，「隨時都可以離開」，即「移動性」將成爲主流思想。在上了一定年紀的韓國人中，也有許多人出國留學，並定居國外。每當我們看到關於這些扎根在國外，並開創出一番事業的韓國人的事蹟時，卻仍然能夠感覺到他們雖然身在外國，但心仍在韓國的那種思鄉之情。

但是現在的年輕人正發生著巨大的變化。他們並不留戀過去的歲月，只要發現能夠得到更多利益、更加舒適的環境、或機會更多的地方，他們就會毫不猶豫地離開家園，離開祖國，去開拓自己的一番天地。當然，並非所有的年輕人都是如此。因為在這一代年輕人當中，仍然存在著利用新民族主義武裝，生活在過去的延長線上的人。

未來的新階級——被稱為「此時此地主義者」的游牧民

在二十一世紀新游牧民的產生過程中，何時何地都能夠進行即時聯繫，這種技術的迅速發展發揮了推動作用。人無論身處在何地，都能夠獲得來自全世界各個地方的資訊。只要你願意，甚至可以隨時與任何人進行交流。即使在空間上的距離依然遙遠，但交流起來卻沒有任何障礙，甚至會產生近在咫尺的感覺。

現在，脫離了傳統性「家」的觀念的束縛，並且持有「原本無家」思想的人們也開始出現。對於這種新人類，作家皮可・艾爾蘿素在其著作《世界性人類》（*The Global Soul*）中給他們定義為「此時此地主義者（Nowherians）」。「此時此地主義者」就是指那些在出生地以外的其他地方成長，並在其成長地以外的其他地方接受教育，現在輾轉於世界各國，並在那裡工作的族群。「此時此地主義者」跨越了地理性環境，在「不斷移動」這點上，他們可說是未來的市民。由於他們熟知多種語言和多種文化，因此成爲了擁有國際競爭力和高深知識的人才。

作爲主導未來的人才類型中的一種，卡洛斯．戈恩就是其中的一員。雖然他於一九五四年出生在巴西，但祖國卻是黎巴嫩。在他六歲時，他隨父母回到了黎巴嫩，並在那裡求學直至高中畢業。隨後他進入了法國名校國立理工科學學校（Ecole Polytechnique），並畢業於國立礦產學校。一九七八年，他進入米其林公司，隨後晉升爲CEO。一九九六年，他轉投於雷諾汽車公司，一九九九年，被任命爲日本日產（Nissan）汽車公司的CEO。上任後僅一年，他就帶領日產汽車公司走出經營困境，重新實現了獲利。

至今，他共有過六次移居的經歷。第一次，從巴西遷移到黎巴嫩。雖然其後他也曾經先後幾次回到巴西，但並沒有在那裡定居。在六歲到十六歲期間，他在貝魯特接受教育，一九七一年至一九七六年間，他獨自一人前往巴黎攻讀學業。在進入米其林公司工作以後，他曾經在巴西和美國分別長駐過一段時間。隨著加入雷諾汽車公司，他還曾經回到過巴黎，但不久後，他又轉投日本日產汽車公司，現在居住在東京。他經常聽到的提問是這樣的：

「您是哪個國家的公民？巴西人？黎巴嫩人？法國人？美國人？還是日本人？您認爲哪

個國家才是您的祖國？您的家人又是怎樣認爲的？您的子女們是否也經常在想類似於自己到底是哪個國家的公民這種問題呢？」

對於這些問題，卡洛斯・戈恩與他的妻子莉塔的回答是一樣的：

「我認爲，至今爲止在我所有生活過的地方，所積累下來的所有經歷，就是我本身。我吸取了這些地方所有好的東西。」

在將來，我們會遇到越來越多諸如卡洛斯・戈恩一樣，出生地、接受教育的地方、公民權所在地、工作地都各自不同的人。在他們當中，能夠成功地管理自己經歷的人，將擁有比常人更加豐富的人生經驗，並能得到更多的機會。當然，在成長的過程中，他們也會遇到各種各樣的危機。但只要能夠克服這些暫時性的困難，他們將成爲主導這個世界走向的優秀人才。卡洛斯・戈恩就是最具代表性的「此時此地主義者」。他在其著作《文藝復興》中這樣說道：

大眾媒體非要把我們稱爲「在巴西出生的黎巴嫩人」。但事實上，我的根也正在這兩個國家中，我一直都非常珍惜它們。正如南美的其他國家一樣，在巴西，我作爲巴西人來到這個世界上，那麼不管我將來生活在哪個國家，或是擁有哪個國家的公民權，我一輩子都是巴西人。雖然我現在擁有著法國的公民權，並且拿著法國的護照周遊世界，但事實上，我從來沒有認爲過我隸屬於哪個國家。

哪裡的環境更好？哪裡可以讓我生活得更加舒適？這就是我的基準。雖然同樣都在巴西，但如果我一直生活在波多韋柳或其他地方，也許我不會覺得舒服。我之所以認爲在里約熱內盧生活會讓我感到更加舒適，完全是因爲我的父母生活在那裡，並且我在那裡擁有許多美好回憶。而在美國的時候，我們全家曾經生活在南卡羅萊納州的格林維爾，或許是因爲我的三個孩子都是在那裡出生的緣故，不僅是我，莉塔也對那裡擁有著難以割捨的情結。再說說巴黎，我認爲那裡舒適主要有這幾點理由：那裡不但是我接受高等教育的地方，而且還讓我度過了一段豐富多彩的單身生活。還有日本，東京的日本人非常友好地接受了我的到來，這讓我感到非常開心。

在我的心中，有好幾種文化與地方緊密聯結在一起。我在對待子女的時候，從不會偏愛哪個孩子。因此，我也不會說我曾經生活過的地方中，哪個地方才是最好的。我給予每個孩子相同的愛，並不會進行比較。而對於「我更加喜歡哪種文化或哪個地方」這種問題，我只會說，我對我去過的每個地方的愛都是相同的，每種文化或每個地方，都有著它們獨特的魅力與無法代替的特性。如果有人問我「哪個地方才是你的家？」，我會告訴他，「我家人生活的地方」就是我的家。

為新游牧社會的到來做好準備

法國的著名學者雅克・阿塔利，也對不斷增加的移動性表示了關注。根據他的預測，將來人類將分爲三個階層，其中最富有、移動性最高的階層將成爲「hyper class」。他們以超越常人的語言能力和專業知識武裝自己，將全世界作爲自己的工作居身之所。他們擁有著大量的財富，並不停歇地周遊世界各地。作爲富有的游牧民，他們希望自己所棲身的共同體，能夠按著自己認爲正確的方式運行。否則的話，他們將瀟灑地放棄那裡，重新踏上「旅途」。即使他們沒有離開，也不表示他們對那個共同體有任何留戀之情。他們會以「同質人」爲中心，構築一個嶄新的世界。在他們的消費行爲中，處處體現出菲斯・鮑普康恩曾經提及的「IMB（I mean business：非最高級貨不用）」的特性，並且與海外建立著緊密的關係。

對於移動性不斷增加的時代，我們應該做好怎樣的準備呢？正如同我們努力引進外資一樣，我們需要以最優秀的政治和行政服務，使更多的人產生來韓國居住的欲望。如果想要擁有能夠令顧客感動的政治、行政服務體系，在每個公共領域工作的人們，上至總統，下至辦事處的公務員，都要對世界的變化有著深刻的瞭解和認識。擁有充足條件的階層，隨時都有可能離開他曾經生活過的祖國，這是一個事實。即使他們沒有選擇離開，當他們拋棄了對這個共同體的「感情留戀」，那麼生產、消費、慈善與捐款都將隨之大幅減少，這一點我們必須銘記。

正如在吸引外資上做出努力的同時，我們還應該對國內的投資者表示關心一樣，在吸引外國人來韓國居住之前，我們應該先努力使現在正生活在這塊土地上的人們，對我們的共同體產生「感情留戀」。「是什麼使他們降低了對祖國的感情？」我們只要能夠找到這個問題的答案，就能夠充分地應付移動性不斷增加的時代。

特別是那些向市民提供政治和行政服務的公務員們，應該丟掉「你們的韓國」這種舊觀念，而努力去創造一個「我們的韓國」。

在移動性不斷增加的時代，您與您的孩子們應該做哪些準備呢？與政治性自由或經濟性自由相同，移動性也是一種自由。如果您同意「人類需要自由」這個觀點的話，從現在開始，您就需要幫助您的孩子們，使他們能在將來更廣闊的世界裡自由自在地生活。爲了下一代的幸福，我們這一代人必須擔起重任。

十一、財富從頭腦中產生

運用頭腦致富

無論身處在哪個時代哪個地方，人們都熱切地希望能夠成爲富人。但是在過去，人們不僅在現實生活中過低地評價了自己的賺錢能力，還在心理上將自己與財富之間劃了一條明確的界線。那時的人們只知道羨慕富人，卻從未想過自己也同樣可以成爲富人。

進入一九九〇年代，在資訊民主化和資訊通信革命的背景下，韓國興起了一陣創業風暴。在機構改革擴散的過程中，人們開始明白了原來任何人都可以參與追求金錢的遊戲。《富爸爸，窮爸爸》這類書籍能夠擁有大量的讀者，以及關於如何致富的書籍，之所以有著良好銷售量的原因也正在於此。

現在，這種角逐金錢的遊戲，已經由少數人的遊戲變爲了大多數人的遊戲，並且將來會有越來越多的人參與進來。如果想要在這場角逐金錢的遊戲中成爲勝利者，那麼首先就得正確瞭解產生財富的源泉及其變遷史。

與其他競爭者相比，除了體力勞動以外，並不具備其他供給手段的人們，將來的生活質量雖然不會有顯著的提高，但也不會特別惡化。在供給過剩和技術革新的條件下，工業品或生活用品的價格將呈持續下降的趨勢。因此，富裕的人將變得更加富裕，而貧窮的人則將變得更加貧窮。這雖然僅僅只是一種預測，但它變成現實的可能性卻非常大。

即便如此，體力勞動者們還是將與那些通過合法的、或通過非法管道湧進的移居勞動者們直接發生競爭。隨著國內眞正能夠付得起薪水的企業不斷地轉往海外，體力勞動者們將會遇到工作量遽減的困境。並且，隨著一部分具有高學歷的年輕人逐漸將就業眼光放低，這種趨勢使得體力勞動者受到直接性的影響，他們的實際工資逐漸減少的可能性非常高。這種趨勢長期持續下去，就會造成和以中國爲首的周邊競爭國家之間的薪金（購買力基準）差距不斷縮小，最後將被調整到與其相近的水準。

看到美國走過的道路，我們能夠預測出停止了高速成長的韓國經濟的未來。當美國經歷著史無前例的經濟膨脹，並不斷創造出大量財富的時候，大部分的中年勞動者所得的工資，卻比他們的父母們二十五年前得到的工資還要少百分之九。如果夫婦兩人不同時工作賺錢的話，一九八九到一九九〇年之間的大部分家庭總收入額將不會有任何變化。一九五〇年代的美國，五個家庭中只有一個家庭的夫婦是同時工作的。但是在今天，兩個家庭中就有一個家庭的夫婦同時工作。不止如此，一周工作四十小時以上的美國男人高達百分之八十。

爲了使子女們受到良好的教育，父母需要負擔的大筆教育費用也在逐日增加。在一九六六年，負擔一個孩子在私立學校讀書的費用，需要父母平均工作五百三十七個小時。但是到了今天，則需要父母平均工作一千二百九十五個小時。一九七〇年史丹佛大學的學費僅爲二千四百美元，而到了二〇〇四年，則暴漲至三萬美元，也就在三十多年間增長了百分之一千一百五十。與其他服務領域的價格上漲速度相比，學費的上漲速度是驚人。舉個例子，一九七〇年，橫穿美國大陸的往返機票不過爲三百美元，但是現在已經達到了四百美元，增長了百分之三十三。這也就意味著，美國的中產階級除了更加賣力地工作以外，別無其他選擇。

未來的富裕是從「知識基礎經濟」（knowledge-based economy）或「頭腦基礎經濟」（brain-based economy）中產生的。在農業時代，產生富裕的源泉是土地和天然資源。根據世界銀行的統計資料，在一九五四年，在亞洲各國中，被評估爲最具有經濟發展潛力的國家是緬甸。當然，在那個天然資源爲唯一富裕源泉的時代，這是一個充分可以理解的展望。

但是，現在這個時代所說的財富，大部分都出自於新興知識。依據OECD的定義，知識基礎經濟是指「以知識的創造、擴散、應用爲基礎的經濟」。換句話說，就是指除了基本的生產三大要素以外，依賴知識的比重較高的經濟系統。那麼，知識又是什麼？曾經在美國著名的諮詢服務公司——Monitor Company擔任過最高知識管理者（CKO）的阿亞・坎特羅，使用「知識金字塔理論」對此進行了說明：

知識的出發點是資料。當將資料與特定情況相聯繫，並賦予其意義時，它就成爲了資訊（information）。當資訊經過多次實驗，其結果不斷積累，並被證明具有妥當性時，就成爲了知識（knowledge）。最後，當知識被轉移到恰當的行動上時，就成了智慧（intelligence），或是「爲了行動的知識」（knowledge for action）。只有當知識達到了這個階段，才能夠成爲創造優秀競爭力的要素。（《每日經濟》一九九八年九月九日）

知識從個人的角度出發，「爲了行動的知識」就是指能夠感動顧客的知識。這種知識漸漸地從企業等組織中擴散至個人的頭腦當中。即創造知識的「發電廠」並不是集團，而是個人的頭腦。

斯坦・戴維斯曾經提出「我們正在進入利用速度（speed）、連接（connectivity）、無形資產（invisible asset）創造出大量財富的時代」這樣的觀點。至今爲止，富裕一直是由宇宙的基本原則——時間、空間以及質量爲基礎創造出來的。速度、連接、無形資產則完全顛覆了這些基本原則。讓我們再聽一聽斯坦・戴維斯是怎麼說的：

速度以急遽減少的產品壽命、消費者的反應周期、經營者的決定過程、還有重視平衡的經營思考方式的最終結局等方式出現。「連接」用電子的方式將所有的人和事物互相連接，使空間的距離不再成爲障礙，將所有有用的資訊即時傳送到需要的地方。軟體、資訊、服務，以及人力資源等無形資產，成爲了經濟中最有價值、成長速度最快的部門。

無形資產主要是通過三個變化演變而成的。在二十世紀五〇至七〇年代間持續發生的第一次變化中，同以產品爲基礎的產業相比，服務性產業得到了更加快速的成長。在五〇年代，服務性行業僅占美國國民生產的百分之三十一而已，而到了一九九八年，服務性行業所占的比重已經達到了百分之五十五。……從七〇年代到九〇年代間持續發生的第二次變化中，擁有著一兆五千億美元規模的全世界的電腦和通信產業的核心，正逐步由硬體行業轉向軟體和資訊服務行業。在七〇年代時，我們還僅僅把軟體當作爲電腦的一種附屬品，而它如今卻支配著整個電腦產業，所有的產品和服務都需要依靠軟體的幫助，軟體已經成爲了一種「材料」。

第三次變化正在進行當中，無形的資產和人力、物力資本，將成爲最有價值的資源。在資訊時代後期發生的第三次變化，從一九九〇年開始，在今後數十年之間將不斷持續。（斯坦・戴維斯，《未來的支配》）

任何人都有可能成為富人，但並不意味著任何人都會成為富人

任何人都需要仔細想想，速度、連接、無形資產與現在自己正在營運的事業，究竟有著怎樣的關係？速度和連接意味著勞動者們能夠接觸到過去無法相比較的大量的資訊。不需要花費大量的金錢，跨越物理性空間的約束，任何人都能夠得到想要的資訊。但是在創造能夠感動顧客的知識的方面，資訊收集只能當作重要原料被使用，而無法直接創造出財富。

無論您是在哪個領域中工作，只要能夠掌握住顧客的需要，並持續創造出能夠感動顧客的獨特知識，那麼您就可以不斷獲得非常可觀的收入。可是，如果自己無法創造出這種能夠感動顧客的知識，就永遠也抓不到獲得成功的機會。如同過去那樣只要考上一個不錯的大學，或是手裡拿著幾張資格證書，就能夠保證平穩過一生的日子已經一去不返了。無論您隸屬於哪家公司，還是自由職業者，只要不斷地學習，並且達到了能夠創造出獨特知識的時候，就會得到豐厚的回報。

在與公司進行協商時，能夠提供獨特知識的勞動者們將擁有更多的籌碼。而那些只能提供普通水準知識的勞動者們，則將會隨時陷入構造改革的危機當中。另一方面，企業將爲了尋找那些擁有獨特知識的人才，不得不東奔西走。這是因爲企業逐漸明白了一個優秀的人才

能夠給公司帶來相當於幾萬人、甚至幾十萬人才能創造出來的附加價值這個事實。

韓國三星集團正在竭盡全力地尋找超核心S（super）級人才。據傳聞，這些人才的待遇甚至高於集團社長，單從這一點，我們就可以大致想到，未來的職業市場將是怎樣的狀況，圍繞著人才而展開的爭奪戰將愈演愈烈。如果說核心人才的技術或判斷，能夠對企業的命運發揮決定性作用的話，那麼我們就不難想像爲什麼企業會花費大量的金錢和心血，去培養或引進這些核心人才。

而那些醫生、律師、工學博士等擁有著專業資格的高級人才們，如果想要得到更加優厚的待遇，也必須不斷付出努力，以將自己打造得更具有競爭力。只有經歷過如此艱辛的知識積累過程的人們，才能夠成爲未來的富人。

對於未來將發生的另一種現象，未來學者菲斯·鮑普康恩風趣地將它稱爲「中途下車」（stepping out）。他說：「在工作中積累大量的經驗，並形成了自己獨特知識的人才，最終將走向獨立，並與其原來工作過的企業，形成競爭關係的例子不勝枚舉。」

在這種時代中，如果想要擁有比別人更多的財富，我們可以借鑒「布波族（Bobos）」成功的案例。大衛·布魯克斯在其著作《布波族》中，爲「布波族」下了這樣的定義，布波族就是將六〇年代反傳統的精神和八〇年代「成功人士」的成就結合在一起，形成了反叛的六〇年代嬉皮文化，和努力進取的八〇年代雅痞族群兩種完全不同的價值觀的現代新經濟社會的經營分子。他們無論身在何處，無論做著什麼樣的工作，都能將自己的職業昇華到藝術的境界，並在富人的行列中占據一席之地。

我可以確信，我現在看到的是資訊時代的文化性現象。在這個時代裡，獨特的想法和知識，能夠給你帶來不亞於天然資源和金融資本才能創造出的經濟性成功。隨著資訊非視覺化世界與金錢視覺化世界的合併，由此結合而成的嶄新口號將膾炙人口。因此，在這個時代獲得成功的人，都是一些能夠將獨特的想法與感情轉變爲產品的人們。他們作爲接受過高等教育的人才，一隻腳處於創意性的、反世俗陳規的世界，而另一隻腳則處於充滿著欲望和世俗性成功的資本主義世界。他們是處於新資訊時代的菁英階層，也稱爲「bourgeois Bohemian」。而取二者的前兩個字母，就是「布波」（Bobo）。

擁有獨特知識的個人，將更加關注自身的市場價值和品牌價值。因此，能夠提供這種資訊的仲介行業將得到迅猛的發展。最初，人們也會感到難以接受，但將來他們會自然而然地接受爲各個領域的人才排列名次的這樣一個行業。隨著人才市場的出現，人們也將逐漸習慣將自己假想爲商品。

用錢來賺錢的時代，我們應該做好怎樣的準備？

另一方面，產生財富的源泉正在快速地由勞動收入向金融收入移動。對於那些仍然帶有「付出大量的汗水，才能獲得財富」想法，並對勞動的價值有著極深信任的上一代人來講，金融只不過是「金錢遊戲」，並認爲金融是非生產性的領域。但是，現在在創造財富方面，金融部門已經完全壓倒了實物部門。

德國的未來學者馬蒂亞斯·霍克斯曾說：「在後期產業社會中，導致財富構造發生變形的決定性因素，並非勞動收入領域，而將從財產形成開始。」他還預測：「在向知識經濟轉移的過程中，能夠創造出財富的並非勞動，而是金錢。金錢甚至能夠得到一定程度的榨取效果。」

在全世界都被緊密連接的時代，利用速度與頭腦能夠創造出財富，而已經擁有財富的人將獲得更多的金錢。他們突破地理的界限，選擇可靠的金融公司，只需要付出少許的金錢，就可以利用具有世界水準的頭腦作投資。只要肯冒一定程度的風險，這個由速度和連接支配的時代，將成爲財產增值的最好機會。

在這種時代中想要成爲擁有大量財富的人，只有以下三種道路可以選擇：將自己融入公司，並成爲公司內部的核心人才；或是爲了使自己在公司中積累的經驗商品化，而轉投另外一間公司；又或是經營自己的事業。

無論選擇哪一條道路，如果想要創造出財富，首先要拋棄所有對安定的幻想。這一點無論對於公司職員，還是擁有自己事業的人來說都一樣。現在，我們需要強迫自己接受「無論對誰都沒有絕對的安定保障」的事實。我們需要對自己的工作重新定義。我們必須拋棄依靠固定薪資來維持生活的陳舊想法，即拋棄「得多少錢，做多少事」的想法。我認識到自己並不是被雇用者，而是自己的雇用者。不要只是單純地想要停留在現在的位置上，而應該不斷地充實自己，使自己變成一個具有競爭力的人。

另外，我們還需要在年輕時多積蓄一些資本，以進行金融投資。雖然也可以選擇按照自己的判斷進行投資，也可以花少許金錢，利用最優秀的頭腦爲自己做出正確的投資判斷。與自己直接進行金融投資相比，利用更優秀的判斷來運用資產，無論在費用方面，還是在時間方面，都是更合理的。

最重要的事情就是，無論何時何地都能創造出屬於自己的主打產品或服務。

十二、流通將支配世界市場

主導市場的大型連鎖店

「Wall Mart正在對世界經濟進行著構造調整。」

「在未來的三年之內，美國的百分之三十五食品和藥品將在Wall Mart進行銷售。」

「美國正在Wall Mart化。」

巨大的連鎖店主導的大規模改革，使得製造企業不得不將價格降低到比成本還低的水準，充分顯示出了它們的威力。

現在，Wall Mart連鎖超市擁有全世界近一萬家供貨公司。爲了在愈演愈烈的價格戰中生存下來，同時在同行業中占據主導地位，Wall Mart不斷地要求它的供貨公司降低價格。除去一部分需要進行長期交易的商品之外，流通業與供應商之間不再存有穩定的關係。事實上，如果供應商不能滿足流通業的要求，流通業將隨時尋找另外的供應商來代替原來的供應商。

如果想要瞭解大型流通企業的過去、現在和未來，只要看看Wall Mart總公司的所在地——阿肯色州本頓維爾城的變化就可以了。一九六二年，當Wall Mart總裁山姆・沃頓開啓了Wall Mart一號店的時候，那時的本頓維爾還只不過是一個貧窮的小城市。但是在隨後的一九九〇年到二〇〇三年之間，本頓維爾市中心的人口暴增了百分之五十，達到了現在的三十三萬人。據專家預測，到2025年，本頓維爾市的人口還將增長兩倍。

許多製造業企業爲了節省物流費用，並與Wall Mart結成堅固的供求關係，紛紛在本頓維爾市的附近建立了分工廠。對於這種現象，《正視現實》的作者拉理・博西迪和拉姆・查蘭這樣評論道：「作爲Wall Mart最大的供應商，寶鹼公司（P&G）早在一九八〇年就在本頓維爾市附近的法葉特（Fayette）建起了生產基地。隨之，以Hallmark公司、Hush巧克力以及Levi's牛仔褲爲首的供貨公司紛紛在本頓維爾周邊建立了自己的加工廠。這是因爲，如果被Wall Mart指定爲供應商，就意味著未來將會擁有一個極大的商務規模。但是，在得到這筆長期的利潤之前，首先要接受Wall Mart提出的各種苛刻的要求。」

在商務歷史上，從未有過像今天這樣很早就形成了以購買者爲中心的市場。並且，購買者的權力移動也幾乎沒有停止的可能性。經濟的中心已經由製造業轉向到流通業。特別是連鎖店或電視購物等大型流通業公司的協商能力也正在日益加大。以美國爲例，在製造業企業的交易額中，十大流通業公司所占的比重，由十年前的百分之三十迅速達到了今天的百分之八十。持有徹頭徹尾的消費者中心主義的大型流通企業，現在已經達到了甚至能夠控制供應商利益的水準。

它們並不滿足於停留在進行單純商品仲介的位置，並拋棄了流通業傳統的經營模式。它們開發出自己的品牌，即PB（private brand），並成功地進入了製造業的領域。由於它們不必像製造業那樣投入大量的市場營運費用，因此具有強勁的成本競爭力。它們開創了一個「在世界任何地方都能以希望的價格購買到自己想要的商品」的嶄新時代。

在這種時代性的變化當中，大型流通業企業沒有任何理由一定要停留在仲介商的地位。它們由於不需要投入大量的市場營運費用，因此能夠得到平均比製造業多百分之十的利潤。並且，如果它們再能創造出自己的品牌，那麼它們必然會在與其他流通業企業的競爭中大獲全勝。已經在同行業中占據了領先地位的流通業企業，利用消費者對它們的信賴，充分能夠形成商品化。

像這種以自己的品牌獲得成功的案例數不勝數。Wall Mart推出的Ol'Ray牌狗糧，沒有做任何廣告就超過了雀巢同類產品，高居全球銷售量第一。另一個屬於Wall Mart的品牌——喬治服裝，也在商場中成功地搶占了原屬於Liz Claiborne的一席之地。不僅是Wall Mart，在

Wall Mart的競爭對手——Target Corporation銷售的全部商品中，有近百分之五十是它自己的品牌。

在韓國也正發生著同樣的現象。許多折扣店在引進PB商品不過五六年以後，產品的種類就增加了十倍，而銷售額也增長了百分之十以上。據這些折扣店負責人透露，他們計畫將PB的商品銷售額提高到總銷售額的百分之三十到四十。

問題是誰能開啓這扇面對消費者的大門。占據了「面對消費者大門」的人，就等於占據了絕對的優勢。使這種趨勢不斷加速的重要原因之一就是，由於資訊和媒體的多樣化，導致廣告傳達效應的徹底下降。因此，製造企業與消費者之間的隔閡日益加大。當然，擁有著具有壓倒性品牌力量的商品以及服務的企業，在一定程度上負擔會小一些。但是大多數企業將不得不苦思如何解決與消費者關係越來越遠的難題。

馬里昂．薩爾茲曼與他的同事們認爲「蜂鳴營銷」（buzz marketing，使消費者成爲自發性資訊傳遞者，並對商品進行肯定性的口頭宣傳）將成爲一種能夠有效替代廣告的新生手段。他們針對廣告媒體的傳達效應不斷下降的現象，這樣說道：

> 傳統的廣告已經無法再創造出更大的效果。當然，就像一部分人分析的那樣，它的壽命還遠未到盡頭。但是，在向聽眾傳遞消息的方面，它已經不再擁有從前的能力。廣告的

作用就是向消費者傳遞資訊，以提高品牌的知名度。但是在這方面，廣告已經不再是開拓市場最有效的工具了。（馬里昂・薩爾茲曼，《蜂鳴營銷》）

現在，由大型流通企業主導市場的時代已經開啓。「掌握『網路』的人，才能成爲勝利者」。最終，在流通企業與製造企業之間展開的這場較量，必將會以流通企業的獲勝而告終。向著流通企業的權力移動，最終將促使製造企業通過不斷地革新，以達到提高生產性、降低生產成本的目標。而在這個過程中，製造企業和流通企業之間必將發生永無休止的摩擦。這是因爲擁有著協商力的大型流通企業將盡可能地將大量的費用推給製造企業承擔，但是在這個過程中，製造企業將會進行無休止的反抗。

可是，主動權已經掌握在流通企業的手中。製造企業在面對流通企業的要求時，不得不照單全收。

在我們的固有印象中，大型流通企業擁有的只是堆積如山的商品，即，有形資產。但實際上，最近大型流通企業的領域，正在向著無形資產領域飛速地擴散。

掌握流通網的人將成為勝者

近來發生在韓國金融界中的變化，也在向我們展現著控制「面對消費者的大門」的流通企業的騰飛。

「一切爲了生存。」不久前的一次聚會上，災害保險行業的某位CEO這樣說道。雖然他率領的企業仍然處在同行業領先地位，但他卻感覺到比以往任何時候都強烈的危機感。金融界的業務領域區分，正在發生著飛速的變化，而仍然習慣於原來的那種清楚的領域區分的企業和職員們，不可避免地陷入了茫然。由於自己多年以來熟知的商務領域突然遭到破壞，因此感受到了前所未有的危機感。

但是，我們從任何方面都看不到能夠阻止金融界兼併化和複合化的可能性。激烈的競爭將擴散於整個金融界，而掌握了流通網的人將占據絕對優勢的地位。與金融業種相比，擁有著龐大流通網的銀行將以其爲基礎，將各種各樣的商品進行更加合理的配置。證券、投資信託、人壽保險、汽車保險和住房保險等領域的商品，將按照類別在銀行中銷售。

正如流通企業與製造企業之間的主動權最終掌握到了流通企業的手中一樣，在金融行業之間，掌握「網路」的金融機構與未能掌握「網路」的金融機構之間的均衡正在被打破。因此，對於銀行連帶保險（銀行保險）的推行，保險公司表示了不滿。保險公司方面認爲這是一個只對銀行單方面有利的制度。雖然金融當局也明白這種現實必將成爲大趨勢，但是對於由市場來做出最終決定是對、還是錯的判斷時，他們還是陷入了沉思當中。在理想與現實之間，對於政策的緩急，將會產生各種各樣的意見。

如果您擁有著自己的流通網，那麼除了現在正在銷售的商品或服務以外，您還可以銷售更多種類的商品。與過去不同，商品製造變得越來越簡單，並且製造企業的範圍可以到達任何地域。

那麼，對於這種情況，製造企業會採取怎樣的相對措施？一個是走品牌路線，另一個則是選擇走OEM（訂單生產方式）或是與其類似方式的道路。在這裡將會產生與消費者直接接觸的另一種流通渠道。這時，生產者可以使用積極利用消費者擁有的產銷者特性的流通方法。

在流通企業的影響力不斷增加的情況下，與過去相比，製造企業能夠直接接近顧客的條件得到了很大的改善。這一切都要感謝網路等先進手段。如果能夠建立起顧客的資料庫，並通過建立起龐大的關係網路，構築一個強大的資料管理中心並加以運用，那麼製造企業就能夠創造出另外一種獲得財富的途徑。

這並非製造企業才需要關注的事項。在各種銷售專業知識的職業中，無論是醫生、律師，還是諮詢顧問，是否能夠獲得成功，決定性因素就在於能否構築起自己的顧客關係網路。當然不僅僅要構築起顧客關係網路，還需要對它進行維持和保修。顧客關係網是一種投資價值極高的寶貴資產。

與過去不同，知識勞動者能夠直接面對顧客、接觸顧客。從這一點就可以看出，我們正在進入一個充滿機會的黃金時代。

十三、圍繞美元不斷發生的糾紛

美元的價值

隨著美元價值不斷下跌，以及世界經濟的持續不振，二〇〇四年十一月底，中國的中央銀行——人民銀行的副行長，在接受《金融時報》（*Financial Times*）的採訪時，提到美國、日本以及歐盟對人民幣貶值抱有的不滿情緒時，這樣說道：

重新調整人民幣匯率並不能從根本上解決美國現有的結構性問題。雖然中國方面一直在逐漸地擴大匯率變動的幅度，但絕不會在美國的壓力下進行這些行動。

美國在貿易赤字達到了國民總產值百分之六的狀態下，是無法支撐太久的。並且在中國整體勞動費用只不過爲美國勞動費用百分之三的實際情況下，單純指望人民幣提高匯率，是無法解決美國國內的失業問題的。中國的國民儲蓄率超過了百分之四十，而美國還不到百分之二。美國的結構性經濟問題並不是由人民幣貶值所造成的，而是由於美國人大把大把地花錢，不進行儲蓄所造成的。中國的習慣是在自己的問題上從不去指責他國，而美國恰恰相反，他們每當遇到問題的時候，首先會認爲這是別國給它帶來的麻煩。

未來的世界，將圍繞著本國的貨幣價值，展開一場長久的糾紛。除了類似於中國等幾個仍然實行固定匯率制度的國家以外，貨幣價值完全是由外匯市場的供求所決定的。但是，在這背後卻有著各國的意志和力量，以及國際政治的冷靜現實。

有一個很好的先例。一九八五年，〈廣場（plaza）協定〉（美、日兩國間爲解決貿易收支的不均衡現象，在美國主導下所簽訂的協議）的簽定決定了美元的弱勢與日圓的強勢，這使得日本數十年間辛勤累積下來的財富在一瞬間就失去了三分之一。美國利用美元這個國際貨幣爲武器，使日圓急遽升值，並造成了日本經濟的短暫低迷。

如果想要預測各國的貨幣價值是怎樣變化的，那麼首先就要回顧一下歷史。一九四四年七月，在第二次世界大戰即將勝利的前夕，四十四個同盟國近七百三十名代表出席了在美國新罕布夏州（New Hampshire）的布雷頓森林（Bretton Woods）村召開的「聯合和聯盟國家國際貨幣金融會議」，並通過了以美國財政部長懷特提出的以「懷特計畫」爲基礎的〈國際貨幣基金協定〉和〈國際復興開發銀行協定〉，總稱「布雷頓森林體系」。布雷頓森林體系建立了國際貨幣合作機構（一九四九年月十二月成立了「國際貨幣基金組織」和「國際復興開發銀行」，又稱「世界銀行」），規定了各國必須遵守的匯率制度以及解決各國國際收支不平衡的措施，從而確定了以美元爲中心的國際貨幣體系。這個體制規定，只有美元才能與黃金進行兌換，並且設定了各國貨幣對美元的基準匯率，並加以保持與穩定。

當時世界上保有的貨幣用黃金中，美國持有百分之七十五。根據正式統計，一九四九年，美國的黃金儲備量約爲二百五十億美元。新的體系使美國成爲了唯一一個能夠使用本國貨幣自由兌換黃金的國家，當時美元與黃金的兌換比例爲一盎司黃金三十五美元。可是從一九五〇年代開始，美國經濟逐漸呈下滑趨勢。在一九五〇年到一九五六年間，美國曾經保有二百二十億美元的黃金。但是從一九五八年末到一九六〇年末之間，美國的黃金儲備量急劇減少了三十億美元。而到了一九六五年初，已經跌至一百五十億美元，這使得美國保有的黃金儲備量已經跌破世界全部黃金儲備量的百分之五十以下。到了一九六〇年代末期，美國的黃金儲備量下降至不足世界全部黃金儲備量的百分之三十的水準。

隨著美國人的海外消費和企業海外投資的增加、越南戰爭導致的費用增加，以及通貨膨脹等因素，使得美國無法阻止黃金儲備量急遽減少的趨勢。特別是在一九六八年以後，隨著通貨膨脹的日益惡化，對於黃金的需求也不斷上升。一九七一年，美國總統尼克森宣布了對薪資及物價進行普遍凍結、關閉黃金兌換窗口等「新經濟政策」。隨後，由於一九七三年發生了世界災難性的能源危機，美元的價值也正式下跌了百分之七・九，使得美元的黃金匯率下跌到一盎司黃金三十八美元。

但是，隨著一九七三年石油危機的爆發，作爲抵禦通貨膨脹的武器，黃金的需要量急遽上漲，同時，這也使得美元的價值不可避免地陷入了急遽下跌的困境。一九七二年初，倫敦市場的金價還不過爲一盎司四十六美元，而到了同年年末，已經上升至一盎司六十四美元，而到了一九七三年，黃金價格已經超過了一百美元。這直接導致了布雷頓森林體系正式宣告崩潰。在這之後，世界的金融官員們又醞釀成立了新的體系，這個體系就是「第二布雷頓森林體系」，也稱爲「美元本位制度」。但是，這個體系並沒有正式地被協定和批准。

新體系是一個在默認「強勢美元與弱勢亞洲貨幣」的協定下維持進行的匯率制度。亞洲國家以弱勢貨幣爲基礎，向美國大舉出口本國商品，使得經濟得到了飛速的發展。韓國、日本、台灣、香港、新加坡等，這些在一九七〇年以後飛速成長起來的國家，都受到了「第二布雷頓森林體系」的恩惠。

美國之所以甘願犧牲自己的利益，盡心盡力地維持這種體系，完全是由於對抗共產主義勢力，必須要先團結資本主義體系的原因。這就如同美國曾經通過「馬歇爾計畫」促使歐洲經濟復興一樣，美國也一直支援著同盟國的經濟發展。但這完全是出於美國自身的利益，而並非在眞正考慮到同盟國的立場後而採取的行動。但是，無論美國的意圖在於何處，韓國、日本、台灣等國家得到了實際的利益，卻是一個不容否定的事實。

布雷頓森林體系崩潰之後，美國發生了約三兆美元以上的經常帳赤字。美國政府爲了解決這一大筆經常專案帳赤字，不斷地大量發行著美元。如果當時對美元沒有持續需求的話，那麼新發行的三兆美元，將很可能招致極大規模的通貨膨脹。

不過，當時美元的需要不斷增加，不僅世界上個人儲蓄的百分之五十左右是美元，各個國家中央銀行的美元外匯保有規模，也由一九七七年的約兩千億美元急劇上升到二〇〇〇年的一兆六千億美元。可以說美國是通過美元的出口，補充了經常帳赤字的缺口。

但是，第二布雷頓森林體系並沒能解決根本性的問題。在這些問題開始不斷顯露出來的一九八九年代中期，爲了解決大規模的財政赤字、經常帳赤字的累積，以及金融公司的破產問題，美國採取了某些措施。爲了使不斷升值的美元重新回到原來的價位上，一九八五年七月，在紐約廣場飯店召開了西方七國特別會議（G7）。他們爲了減少對日本的貿易赤字，而協定將日圓升值，這也稱爲〈廣場協定〉。這次會談結束不久，美元對日圓的匯率就下跌了百分之三十，而在後來的三年之內，又下跌了百分之八十六左右。由此，曾經在一九八五年達到了GDP百分之二・八的美國經常帳赤字從一九八七年開始逐漸下跌，經過了一九九〇年的百分之一・四，在一九九一年達到了歷史最低值——百分之〇・一。但是，從一九九二年開始，回升至百分之〇・八的美國經常帳赤字又開始呈現持續上升的趨勢。

形勢再度變糟的時候就是亞洲發生金融危機的前後。隨著亞洲的貨幣價值直線下跌，導致亞洲重新回到了「強勢美元——弱勢亞洲貨幣」的局面。而中國經濟在維持著高速發展的同時，實施了固定匯率制，並且第二布雷頓森林體系也顯現出了比一九七〇年代時更加強勁的面貌。這期間，美國對中國的赤字幅度不斷增加。進入二十一世紀，美國的經常帳赤字問題又重新浮現出來。二〇〇〇年與二〇〇一年，分別占美國GDP的百分之四・二與百分之三・九。單二〇〇四年一年的經常帳赤字就達到了五千二百億美元。一九八〇年代初期時曾經出現過的情況，又開始再次重演。特別是二〇〇三年，美國對中國貿易赤字規模，達到了一千二百五十億美元。

最近，由於美國的經常帳赤字中近百分之四十是對中國貿易發生的，因此美國提出了降低美元匯率，並提高人民幣匯率的主張。

那麼，美元的價值將來會發生怎樣的變化呢？對美國的出口依賴度極高的國家，將在一定程度上減緩發展的速度。這是因為「弱勢美元—強勢亞洲貨幣」的基本形勢不得不發生變化。這就意味著利用美國市場的經濟政策，將不能再帶來利益。對於這種形勢，《世界經濟的沒落：美元的危機》的作者理查德・鄧肯，做出了這樣的展望：

現在，美國已經從「強勢美元政策」（strong dollar policy）暫時性地後退一步。由於這個政策的推行，引發了大規模貿易的不均衡，並且在這個過程中還導致了世界經濟的不安定，因此這個政策也被稱爲「貿易赤字政策」。能夠造成美元價值下跌的新協定將會出爐，對於這一點不要抱有半點懷疑。唯一無法確定的只是這個協定將會依靠政府官僚或中央銀行推出，還是通過市場的恐慌或是美元的外流而被強制形成。與經濟的泡沫一樣，經常帳赤字也無法保持持續狀態。美元價值的崩潰不再是「如果」（if），而是「何時」（when）的問題。

在經常帳赤字重壓下的美國

只要對美國要求其貿易夥伴國家積極開放市場的背景進行分析，我們就可以發現，美國堅持要求韓國開放農業品市場或電影市場，最終也都是爲了減少本國經常帳赤字的幅度而採取的策略。美元的強勢也爲韓國的經濟帶來了一個巨大的課題。正如〈廣場協定〉以後，日本企業通過艱難的結構調整，才形成了合理產業結構一樣，韓元價值的急劇上升也會使韓國的出口受到巨大的影響，並導致許多企業瀕臨破產的邊緣。

將來，隨著美元弱勢的不斷持續，韓國經濟爲了擺脫困境，很有可能將經歷巨大的結構調整。在內需市場不振的情況下，如果連出口也發生問題，韓國經濟將變得非常困難。在弱勢美元與強勢韓元形成結構性現象時，我們可以想像到，將有越來越多的韓國企業面臨破產的邊緣。這一點將在越來越多的失業人數上得到具體的體現。

雖然也可以從別的角度去看待這個問題，但是對於今天許多國家能夠構築起堅實的經濟基礎，美國的市場的確發揮了決定性的作用。雖然有些人仍然會對美國的消費指向型結構，提出更強烈的指責，但是不可否認的是，美國人的這種消費指向型的態度和美國社會的促進消費的制度，的確為世界各國提供了長期的市場。

在這一點上，韓國、日本、中國是最大的受益國。雖然在東北亞三國中，「出口越多越好，進口越少越好」的思維已經深入人心，但是對於在本國市場內獲得了巨大利益的東亞三國，美國也會要求其擔當起相應的責任和義務。美國的通商壓力將不斷增加，因此，韓國必須避免內部發生不必要的摩擦，並在積極說服一部分利益團體方面，做出更多的努力。

接下來我們需要考慮的一點是，能夠開拓美國以外市場的成長動力是什麼？如果不能開拓出新的市場，那麼已經患上「設備投資過剩」病症的世界經濟，將很有可能陷入通貨緊縮的局面。因此，我們盼望日本經濟得到復甦，並能夠成為韓國經濟發展動力的理由也正在於此。當然，我們也需要中國能夠持續高速的經濟發展。但是，由於美國的經常帳赤字問題，以出口為中心的國家將經歷諸多困難。而西方先進國家為了尋找新的成長動力，將推出更加積極的政策。

我們還需要記住一點。最近全世界出現了史無前例的信用膨脹。現在，美國爲了解決這筆巨大的經常帳赤字，發行了大量的美元，這使得大量財產以美元資產的形式流回美國，同時，這種豐富的流動性也產生了大量的泡沫。簡單的說，這種情況是由於在全世界範圍內，以美國爲首的國家造成了大量流動性金錢，從而使房地產等價格過度上漲的結果。

泡沫崩潰即將發生在我們面前，而這也將成爲我們一個新的挑戰課題。這種情況也促使我們去尋找一種能夠與美元相抗衡的新貨幣。雖然歐元與美元相抗衡的可能性仍然很低，但至少歐元能夠與美元一樣成爲貨幣基金。

世界銀行將拋棄一部分美元，並在其空位處塡補上相同數額的日圓或歐元。香港銀行已經開始計畫，將美元的持有比重由一九九八年的百分之五十六降低到二〇一〇的百分之四十，取而代之的則是將歐元的持有比重由百分之二十七提高到百分之三十五。對於我們不甚明朗的將來，理查德·鄧肯傳遞了這樣的資訊。這個資訊，對於以出口爲主的亞洲國家有著更重大的意義：

遺憾的是對於亞洲八個國家（韓國、香港、印尼、菲律賓、馬來西亞、新加坡、台灣、泰國）的未來展望並不讓人樂觀。這些國家的共同之處，都是憑藉出口主導型的戰略，使經濟得到了飛速的發展。但是現在，這些國家不但要面臨嚴重的經濟停滯和主要出口市場的需求減少的態勢，還要面對在過去二十年間，一直擔任著對它們發揮經濟補助金作用的美國所進行的經常帳赤字的調整。二〇〇一年，這些國家一共獲得了五百四十億美元的對美貿易盈餘（參考：二〇〇一年度，韓國的對美出口金額爲三百五十億美元，貿易收支爲一百三十億美元。在四千二百億美元的GDP當中，對美國的出口與貿易收支的比重各自達到了百分之八・三與百分之三・一）。美國的國際收支不均衡問題的解決，也意味著亞洲出口主導型經濟成長的末日。在對美貿易當中，只要貿易收支的均衡能夠得到維持，那麼至今爲止形成的經濟性、社會性的利益中，相當部分將消失在未來，這是一個相當明確的危險訊號。並且，這些國家還需要面對日益虛弱的政府財政、金融系統的危機和泡沫之後貧困的經濟環境。「亞洲的經濟奇蹟」很有可能將變爲長期的「亞洲的經濟衰退」。

由於美元價值的下落，引發的出口盈利性惡化，雖然將在短期內造成負面影響，但長遠看來，也是一個強化產業體質的好機會。每個人都具有逃避痛苦的慣性，因此必然也會受到在政治性動機和利益集團的要求下，人爲調整匯率的誘惑。但是，我們必須要注意，不能陷入到這種誘惑當中。

我們已經經歷過人爲調整匯率帶給我們的苦痛，在支付了大量費用的同時，我們也得到了深刻的教訓。正如流水一般，經濟的主體只要隨著市場的需求進行適當的對應，就可以解決這些問題。

十四、流動性過剩、投資過剩與貨幣緊縮

通貨量增加，成為危險的理由

通過學習歷史，我們可以知道，人的本性無論在過去還是現在，幾乎沒有發生任何的轉變。只要聽說哪裡有賺錢的好機會，人們就會蜂擁而至，從而產生泡沫，而這個泡沫最終也會破滅。在這其中，成功的人不過只是少數中的少數，而更多的人則遭到了生平無法恢復的創傷。

隨著經濟進入衰退時期，人們就會相信，這場經濟不振將會持續很長時期，由此感歎沒有值得投資的地方。但是，如果市場上有著充足的資金，並且資金量不斷地增加，值得投資的對象將無處不在地不斷湧現出來。

積極追求財富的人們，或是對將要來臨的危險做著充分準備的人們，都需要關注地區性

和世界性貨幣總量是如何變化的。因爲作爲單一變數，沒有任何因素，能夠比貨幣量給經濟發展和資產價格變化帶來更大的影響。

在布雷頓森林體系宣告崩潰之後的三十年間，爲了減少貿易的不均衡，世界經濟爲市場提供了難以計量的貨幣。爲了解決經常帳赤字問題，美國利用發券權，使美元的供給持續地增加。

一九八〇年代初期開始，美國的年均經常帳赤字超過了一千億美元，到了二〇〇二年和二〇〇三年，這個數值又分別增長至五千零三十三億美元和五千七百億美元。一九九八年以後，曾經有過短暫盈餘紀錄的財政收支，也在二〇〇二年和二〇〇三年分別達到了一千五百七十八億美元（約占GDP的百分之一．五）和四千五百億美元（約占GDP的百分之四．二）的赤字。爲了解決這些赤字問題，美國發行了大量美元，而民間保有美元的貨幣量和全世界總的國際流動性也跟著急遽上升。簡單的說，無論在美國，還是在全世界，在所有地區流通的美元，其絕對規模正在大幅度增加。

貨幣量增加爲什麼會成爲問題？隨著貨幣的大量流動，以特定地區或投資主題爲中心，將形成貨幣膨脹的局面，這會招致資產價值的上升和投資過剩等問題。而用不了多久，投資過剩將經歷調整過程，最終導致經濟不振，並使經濟主體支付出大量的費用。而流動性過剩的投資主題也必將產生泡沫現象。

例如，在亞洲金融危機之前，泰國的經濟雖然也擁有大量的經常帳赤字，但是他們也吸引了大量的國外資金。而這些爲了獲得泰國金融機關提供的高昂利息，不斷蜂擁而來的國外資本，不但抵消了泰國的經常帳赤字，並且還使其產生了大量的外匯存底。在一九八四年，泰國的國際預備資金還不過十九億美元，而到了一九九六年，已經飛速增長至三百七十七億美元。即使泰國的中央銀行不發行貨幣，泰國的總預備資金也會使定期存款、儲蓄存款、外匯存款等準貨幣得到增加。像泰國這種信用膨脹，與亞洲經濟的泡沫崩潰和日本龐大的國際收支盈餘，是緊密相關的。對此，理查德·鄧肯做出了這樣的評論：

我們必須注意，泰國吸引的大部分資本都是由日本企業投入的。日本原本想向海外投入大量的資本，以藉此來解決由於大規模國際收支盈餘引發的國內經濟過熱的現象，最終卻宣告失敗。一九八二年以後，日本巨大的國際收支盈餘，不僅使日本產生了泡沫經濟，最終還成爲全亞洲泡沫經濟的根源。信用誘發的這種大規模的投資狂潮，是不具有持久性的。所有種類的國內產業都不斷地籌集著新的資金，並增加著生產能力，結果導致了生產能力的過剩。「供給過剩」一語在曼谷的房地產市場得到了最明顯的證實。

我們可以舉出一九七〇年南美洲的事例。從美國的商業銀行引入的石油美元，雖然一度使得南美國家大幅度提高了經濟成長率，並使南美的經濟得到了短暫的繁榮，但是進入一九八〇年代以後，隨著泡沫的崩潰，一部分南美國家甚至陷入了宣布國家破產的危機。我們可以說，沒有可以永久持續的信用膨脹泡沫。

追尋投資主題的資金不僅會產生像日本一樣，由於過熱的資產價格而導致的泡沫崩潰，也會產生部分亞洲國家曾經經歷過的資產價格的暴漲與投資過剩等副作用。

美國也不例外。美國發行的美元，使得大量資產以無支付保證的美元或美元負債證書的形態，通過賺取了大量國際收支盈餘的交易對象國家，重新流回到美國，最終導致了貨幣量的增加。流通的美元數量對振興美國股市和房地產價格的上漲，產生了巨大的影響。初期階段，對於美國海外投資家做出的只是購買美國財務部發行的債券等消極性選擇，但是從一九八〇年代中期開始，隨著投資主題的多樣化，投資範圍已經擴大到股票、債券、房地產、美國企業的收購合併等等。

從美國的經常帳赤字出發的美國信用創造，最終留下什麼？首先，它爲死氣沉沉的世界經濟提供了市場，並且還幫助美國人能夠進行超過自身能力的消費行爲。以可支配收入爲中心計算，個人的債務比率由一九八〇年的百分之六十五・四上升至一九九〇年的百分之八十三・五，到了二〇〇〇年，則增加至美國史上最大規模的六兆五千億美元。

而從否定的層面來看，隨著資產價格的上升和投資過剩泡沫的削減，資產價格急遽下跌的情況則意味著風險。我們可以充分預想到以先進國家爲中心進行的房地產價格的下跌趨勢。這期間資產價格的上升促使了就業機會的增加和實際薪資的上升，產生了「財富的效果」（wealth effect）。在這種財富的效果逐漸消失的情況下，發達國家的市場需求將必須大幅減少，而過度依賴出口的國家也必將受到嚴重的衝擊。

對通貨緊縮做好準備

由於我們過度忽視了流動性過剩的問題，造成了流通的貨幣量過大。不僅如此，近幾年來，各國的中央銀行爲了擺脫經濟停滯的局面，還紛紛降低了存款利息。最終，由中央銀行流入市場的貨幣量不斷增加，這不僅不能減少現有的生產能力，並且還有可能造成生產能力增長的局面。並且，資產價格的下跌和美元價值的調整，使得需求不可避免地繼續下滑，因此超過供給的狀態將更加深化。

暫時能夠給予供給過剩狀態較大幫助的部分是，隨著商品市場進入成熟市場，追求性消費能力會有所減少。如果不能抓住能夠恢復世界經濟的這個機會的話，供給將逐漸超過需求，最終世界經濟極有可能陷入長期的通貨緊縮危機當中。

雖然我們都不希望發生通貨緊縮這種情況，但是最好還是把「存在這種可能性」的念頭時刻放在腦中。無論您是經營者，還是公司職員，如果想要對未來做好周密的準備，就必須將通貨緊縮萬一發生的情況也考慮在內。

如果眞的發生了通貨緊縮，隨著股價的暴跌、企業巨大的結構調整，以及高失業狀態的發生，即便是與經濟沒有任何關聯的人，都將受到物理性、精神性的傷害。能夠解決這種事態的方法就是，事先將危險適當地進行分散，並且在決定投資的優先順序時，時刻要考慮到「安全」問題。

羅伯特・普雷切在其著作《*Conguer the Crash*》中，使用格外具有煽動性的語調預言了通貨緊縮時代的到來。他奉勸人們與貨幣相比，應該更優先選擇實物。至於是否接受他的勸告，他認爲這是個人的權利。雖然我認爲發生通貨緊縮的可能性非常大，但是因爲那畢竟是未來的事情，所以無法說「肯定發生」這四個字。我也會祈禱它能夠一直停留在可能性的領域中。

十五、將想像變成現實——資訊通信革命

革命已經開始

世界逐漸進入了一張緊密相連的「網」中。只要能夠連接到以網路爲代表的「網的世界」，任何人無論何時何地都能夠穿越物理的界限，與位於地球另一面的人們進行溝通，或獲得關於他們的資訊。對於一直生活在時間和空間的物理界限當中的人們來講，用網路連接起來的世界，可能會成爲生平經歷的最不可思議的事情。但是，無論在多麼飛速的變化當中，人類都能夠適應。儘管網路給人們帶來了巨大的變化，可是人們仍然可以像沒有發生過任何事情似的，平靜而又從容地接受了這個新環境。

電腦、手機、PDA等資訊通信機器的性能，得到了超乎人們想像的發展，並且能夠迅速低廉地處理巨大容量資訊的網路功能，也在發生著日新月異的變化，因此在將來，資訊通

信革命將會把人類更加緊密地連接起來。但是，資訊通信革命必須從現在就開始正式啓動，也不知將來會發生多麼令人驚奇的事情。

《微觀宇宙》（*Microcosm*）和《遙觀宇宙》（*Telecosm*）兩本書的作者喬治．吉爾德，還創造出了新用語「吉爾德效果」。他從一九九〇年開始，對資訊知識社會發展顯示出了超人的洞察力，這也使他得到了全世界的認可。喬治．吉爾德對於資訊通信革命的未來是這樣看的：

將來，人類會進入一個遙觀宇宙（telecosm）的時代。這是在電腦占據了主導地位的時代中，電腦網路的力量，即以網路和手機爲中心形成的通信技術革命將成爲核心。這也就是說依靠新通信技術的發達，與電腦自身的性能相比，網路成爲一股新生力量，促進了政治、經濟、文化等全盤的進步。「光纖網路」就是一個例子。雷射技術是一種可以在一束光中容納數千個周波數的技術。因此，利用雷射技術，我們可以使一根不及銅線數千分之一粗細的光纖維，傳遞比銅線多幾百萬倍的資訊。將雷射技術、光譜通信技術以及無線通信網技術合爲一體，就可以生成「遙觀宇宙」。超越了傳送速度被限制在1Mpbs的帶頻（指通信線向與其連接的資訊處理裝置傳送資訊的速度，頻寬由按部分接收資訊的技術所決定）的界限，進入到利用光學技術和無線網路技術形成的無界限通訊時代。

我們可以試著想像一下，相互連接的網路是比現在至少大一百萬倍的世界。那將會發生什麼樣的事情？以高疏通量的影像資訊和高畫質的影像會議爲主導的「泛世界視覺經濟」即將誕生。傳送影像波長的價格將不斷降低，隨之，波長將以我們從未想到過的方法，被自由自在地應用。

跨越時間和空間的限制，達到泛世界的層次，我們可以任意設定某個假想情況，並進行類比體驗。以現在消費的頻寬爲基準，去預測未來的消費量，並計算將來所需要波長的數量，這種行爲，就像統計一九六〇年的主機電腦時代曾經需要的電腦數量，或是將一七九〇年時，礦山與工廠需要的蒸汽機的數量，用圖表列出來一樣沒有意義。（喬治・吉爾德，《遙觀宇宙》（*Telecosm*））

做一個簡單的比喻，現在的網路只不過是鄉村小路而已。而這條鄉村小路在不久的將來，會變成寬闊的高速公路。而曾經在鄉村小路上發生過的事情，如果換在高速公路上，又會發生怎樣的變化呢？

比爾・蓋茨對於即將到來的未來，進行概念整理時，使用了「資訊高速公路」和「數位神經網（digital nervous system）」等辭彙：

在日益低廉的電腦滲入到生活的各個角落的今天，又一個革命即將爆發。即將來臨的革命完全打破現有的價格，使通信費用降低到令人難以致信的程度。所有的電腦相互連接，形成各式各樣的通信網。這種泛世界性相互連接的網路，也被稱爲「資訊高速公路」。這種資訊高速公路的前一階段，就是我們現在使用的網路，以現行技術爲基礎連接而成的電腦集團，相互之間可以接受各種各樣的資訊。

在這個極其龐大的世界資訊市場中，人們可以將物質、服務、思維等相互交換。在實用性方面來看，這種市場將提供更加繁多的物品，供您自由選擇。什麼時候應該收益？什麼時候應該投資？什麼時候應該購買？購買多少？您的朋友是誰？應該與他保持什麼樣的關係？去什麼地方您的家人能夠生活得更安全？這些問題都可以在這個資訊市場裡找到答案。對於工作單位的觀念或對於接受教育的觀念，將在您還沒有做出反應的瞬間，就發生了天翻地覆的變化。「我是誰？屬於哪個群體？」等自我觀念，也將發生開放式的轉變。簡單地說，一切都將發生改變。我迫切地等待著這一天的到來，並且爲了使這一天能夠儘早到來而努力地工作著。（比爾．蓋茨「思考的速度」）

也許有些人會認爲這些變化與自己的生活毫無關聯。但是，無論是誰，都無法在這場巨大的變革中保持原來的「自由自在」。不久前，我曾經訪問過一個小城市。在結束演講回來的路上，我與一位四十多歲女企業家的交談，讓我至今難忘。

這位女企業家爲了接受企管學碩士（ＭＢＡ）的教育課程，正在尋找著合適的學校。她幾乎訪問了全世界所有開設了企管學碩士課程線上教育的學校，在調查的過程中，她得到了知識仲介商的幫助。首先她得到了一本綜合性介紹線上ＭＢＡ課程的書籍，然後按照書中的介紹，親自進入到各個學校的網頁，完成了全部的市場調查。

對於那些由於學生數量遽減而陷入焦慮的學校，資訊通信網即是一個威脅，同時也是一個好機會。這意味著大學教育服務正陷入國際競爭當中。在這種變化下，已經有一部分大學，以上班族爲對象，在夜間提供著專業知識的教學服務。與過去那樣直接去學校接受教育相比，現在的趨勢逐漸向線上教育服務方面移動。就像喬治・吉爾德的預言一樣，隨著網路功能得到了劃時代性的提高，泛世界視覺經濟如果正式開啓的話，線上教育也將得到更廣泛的普及。

這不僅只是大學的問題，對於以演講爲職業的人們來講，未來前景並不樂觀。將來，只是提供單純的知識或資訊的演講，有相當一部分將會被線上教育所代替。如果不能提供各種各樣的演講，演講者只好將位置讓給線上教育。

資訊通信革命，投入無限的競爭當中

由於資訊通信的革命，顧客們能夠從全世界收集關於產品或服務的詳實資訊，而購買活動也將以最低價競標制的形式來完成。因此，無法將良好的品牌形象留在顧客心中的大多數生產者，將不斷受到降低產品價格的壓力。有人把這種現象看作資訊通信革命的未來課題，這個人正是日本的經濟評論家大前研一。他在自己的著作《看不到的大陸》的第三章〈套利與新經濟〉中，對於所有產品和服務的競標制度，即auction現象，進行了這樣的說明：

> 套利（arbitrage）就是不對供給者採取管理或協商措施，而是單純使用「選擇」來降低商品或服務價格，並提高質量的交易。原有的供給者如果無法得到利益上的滿足，那麼他可以選擇與更好的合作夥伴聯手去克服困難。當然，也會出現購買者背叛原來的供給者，使其陷入不幸境地的情況，雖然也可以對這種不良習慣進行改革，但是由於因此而產生的節減效果太大，所以必須做出新的選擇。無論什麼樣的試驗都無法抗拒套利。

正如大前研一評論的一樣，在傳統的意義中，越來越多的人陷入了危機。因爲無法提供更低廉價格的供給者，將必須從市場上淘汰出去。競爭者的範圍也由本地區擴大到國際。雖然我們無法忽視無限競爭帶來的副作用和苦痛，但是站在社會整體的觀點來看，這是一種利用順暢的新陳代謝來提高生產性的方法。

顧客們不必再像過去那樣，只能選擇存在於物理界限內的供給者。正像剛才介紹的那位四十多歲的女企業家一樣，學習企管學碩士課程，並不需要尋找距離最近的學校。如果這個女企業家不是因爲急著尋找事業上的合作夥伴，才選擇企管學碩士的話，她甚至可以接受其他國家世界水準的線上服務。在資訊通信革命造就的廣闊市場中，顧客自然而然地掌握住了接近無限大的選擇權。

在這種情況下，又有誰能高枕無憂呢？大部分的人都是具有生產和消費雙重性格的「產銷者（prosumer）」。身爲顧客，他們可以盡情地享受選擇權。而在公司或市場中，他們本身或是他們提供的商品，不可避免地將成爲「套利」的對象。

爲了生存，我們需要採取的措施是，把我們所擁有的價值鏈的所有部分都看作是「套利」的物件。將來企業在研究開發、生產、人事、金融、資訊、甚至於營業等方面，都將更加依賴於「套利」戰略。這種戰略帶來的結果，是使原本臃腫不堪的企業得到精簡，除了少數核心部分之外，大部分都將依靠外部加工來完成。而工作的安定性和交易的永久性也將日益降低。

難道國家不會採取保護措施嗎？現在來講還沒有任何有效的方法。那麼將來呢？將來更加不會出現任何有效的辦法。因此，無論是個體經營者，還是在公司中工作的人，對於自己的商品能否成爲「套利」對象，一定要進行冷靜的判斷。由於「套利」的產生，我們的生活發生了巨大的改變。

當然套利帶來的也並不只有危機。只要保有著強勁的競爭力，也可以成爲千載難逢的機會。筆者每個月都舉辦一個爲期一天的「孔柄淏的個體經營培訓課程」，讓我們來看看爲這個課程提供午餐服務的L女士的情況。她同時擁有著正統韓食和西餐兩種廚師證，加上在大飯店中的四年工作經歷，她的廚藝經驗達到了十一年，是一位技術精湛的廚師。她沒有投入固定的廣告費用，只是單純地通過個人網頁宣傳著自己的「主打產品」。筆者也是在網路中尋找時，偶然地進入了她的網頁，並成爲了她一年的固定客戶。其他通過網頁認識她的顧客們，也對她的服務感到非常的滿意，通過這些顧客們的口碑，L女士的事業日益興隆。

只要擁有著不同於別人的產品和服務，並能夠創造出可觀價值的話，我們就不必再像過去那樣投入一筆固定的廣告費用去宣傳自己的產品，只要充分利用網路資源，我們一樣可以獲得顧客們的青睞。據預測，未來這種以「家庭企業」形態進行商務活動的人數將不斷增加。

筆者本人也是抱著半信半疑的不安心理走上了這條「家庭企業」的道路，但是現在回頭看看，不由地感歎自己身處在一個幸運的時代。在資訊通信的威力無法被使用的時代，根本不能獲得這種創業機會。喬治・吉爾德對於「家庭企業」在資訊通信極度發達的未來面貌，進行了這樣的預測：

在將來，只要我們願意，我們可以與地球上任何地方的專門人士進行合作，也可以在世界上任何一個市場上進行商業活動。眾多的「家庭企業」正如雨後春筍一般進入人們的視線，而其中相當一部分將成長爲重要的企業。在浪費時間和才能的結構中脫離出來的人們，將找到自己最適合的工作，並爲了實現自己的理想而努力。在爲他人做出奉獻的同時，獲得收益的資本主義結構中，人生的目標或意義已經由從前的「追求餘暇的快樂」，轉向作爲企業家，散發出創意性的熱情，這種人生追求的轉變也更加具有道德性和合理性。（喬治・吉爾德，《遙觀宇宙》（*Telecosm*））

機會與危機。你現在正朝著哪個方向發展呢？自問自答之後，我們必須爲將來做好更加充分的準備。

十六、下一世代的主力產業——生命工學

資訊通信之後的生命工學

處在變化的過程中，人們很難眞正感受到變化。雖然這種變化甚至擁有能夠使經濟的根本結構產生巨大轉變的威力，但如果這個變化發生在無法用肉眼看到、也無法用身體感知到的知識或資訊發展的領域裡，那麼我們只有在世界經過了翻天覆地的變化之後，並作爲個人，眞實地感受到這種變化的時候，才會發出「啊！這個世界變化眞大！」般的感歎。人們每天只是低頭忙於自己的生活和事業，因此只有過了很久以後，才能感知到變化的到來。

一向以預測未來趨勢的洞察力和前瞻性而聞名於世的斯坦・戴維斯，曾經說過：「如果沒有在未來十年內退休的想法，那麼就必須爲了適應新技術所帶來的新變化而努力學習。」但是，即便退休之後，我們也應該積極收集能夠使經濟結構發生變化的新生技術資訊，並針

對其可能帶來的波動及效果做好準備。因爲無論是誰，都無法在變化的經濟體制中保證不受到任衝擊。斯坦・戴維斯還對新經濟體制的登場做出了以下預測：

現在，下一個將要登場的經濟體制正在醞釀當中。這個經濟體制會是什麼樣的呢？對於這個疑問，人們或多或少都有著一定程度的預測，而這個結果也正逐漸顯露出來。在資訊經濟的下一個階段，生命工學將帶給人們翻天覆地的變化。生命工學從製藥和農業等領域開始，最終將擴散到所有的經濟領域當中，就像之前電腦的飛速普及一樣。

今天的生命工學，已經達到了與一九六〇年代的電腦技術相同的階段。生命工學將對世界產生極大的影響，如果沒有在未來十年內退休的想法，現在開始就必須努力地去理解這個新興技術。

一九六四年以後出生的X代（一九六五～一九八〇出生），將在工作的過程中經歷兩次重大的變革。第一次是由資訊分離轉變爲資訊連接的資訊經濟變化；第二次則是由以極超短波爲基礎連接而成的世界，向以細胞爲基礎的生命學和生命經濟世界的轉變。

人類正在以驚人的速度探索著生命的祕密，並且最終將進入一個能夠操縱生命本身的時代。一九五三年，美國的沃森和英國的克里克最早發現了人類的遺傳基因（DNA）結構。

而五十年之後的二〇〇三年四月十四日，被人們稱爲「生命的設計圖」的人類基因組圖譜已經完成。在這期間，科學家們爲了探知人類DNA中隱藏的生命的祕密，一直在不懈地破譯著存在於二十三對染色體中的三十二億對鹼基的排列順序，這也被稱爲「人類基因組工程」。在各國科學家們的通力合作下，人類基因組圖譜的完成比預期提前了兩年。

如果人類掌握了自己遺傳基因的資訊，即，掌握了生命的「百科辭典」的話，將會發生什麼事情呢？諾貝爾獲獎者、哈佛大學的教授——沃爾特・基爾伯特博士這樣說道：「在二十一世紀，只要在上衣口袋中拿出一張CD，那裡就會產生人類，那個人就是我。」並預測人類將進入這樣的「刺激性的時代」。事實上，更多的專家學者都預測，至二〇二〇年爲止，科學家們將百分之百完成這部完整的生命百科辭典。您能想像到一個能夠操縱自己身體的時代嗎？但是，這些研究工作正在以驚人的速度進行著，而我們也正在走進這樣的時代。

人類各自攜帶著與別人完全不同的近三百萬個鹼基順序。只要費用問題能夠得到解決，在將來我們能夠充分獲得個人的鹼基順序資訊。在資訊通信革命的影響下，我們能夠使用低廉的價格，快速地處理大量的資訊，因此獲得鹼基順序也並不是一件困難的事情。現在，生物學已經由原來的實驗室學問發展到與電腦驚人的處理能力相結合的新興科學，並在飛速的發展過程中，不斷地得出燦爛的成果。

過去的三十多年間，正如摩爾定律（電腦晶片能夠儲存的訊息量，會在每十八個月增加兩倍，電腦的性能也會在五年內提高十倍，十年內提高一百倍）對電腦技術的發展做出的預測一樣，隨著在遺傳基因的研究中，投入了電腦與機器人，人們能夠掌握的鹼基順序也將以每兩年增加兩倍的速度不斷被研究出來。作爲美國最具權威的電腦工學學者中的一員，華盛頓大學的理查德·卡福這樣說道：「人類基因組工程正在使生物學轉爲資訊科學。許多生物學者都認爲，尋找DNA順序是一件極其枯燥的工作。但是，如果從電腦工程的角度去看的話，這卻是最具挑戰性的演算課題。」

並且，費用也正在慢慢地降低。例如，一九九〇年爲止，尋找一對鹼基排列順序，需要花費十美元左右，而到了一九九七年時，這個費用已經下降到五十美分。到二〇二〇年，從不斷呈下落趨勢的情況來看，費用將跌至一美分，甚至更低。

挑戰人類極限的生命工學

隨著生命工學在全世界範圍內的飛速發展，曾經只停留在頭腦中想像過的事物，現在正一件一件地出現在現實生活當中。

在將來，利用遺傳基因資訊來預測人類身體疾病的預防醫學，將在人們的生活中得到廣泛的普及。未來製藥公司也將以顧客的遺傳基因資訊爲參考，爲病人製造出只適合其本人身體特性的藥品。在未來的某一天，當那時的人們聽到過去的人們在患上同一種病症的時候，吃的是同一種藥物的時候，他們也許會發出「我們的祖先們眞是生活在一個困難的時代啊！」類似這樣的感慨。

而曾經被看作不治之症的癌症、心臟疾患或糖尿病等疾病，在治療方法上也將得到劃時代性的進展。人們能夠獲得關於自己身體的所有資訊，在維持健康方面，人們將投入比過去更多的費用。

人類胚胎幹細胞（human embryonic stemcell，能夠分離構成人類兩百一十多個器官的組織的萬能細胞，在形成肝臟、肺臟或心臟等具體器官之前，停止分化的胚胎階段的細胞）的研究，也在現在的社會中得到了高度的重視。這因爲人類胚胎幹細胞研究被公認爲二十一世紀最核心的生命工學技術，不僅在胎兒的胚胎研究領域，而且在糖尿病、帕金森綜合症、進行性老年性癡呆、中風、小兒糖尿病、心肌梗塞、肝硬化等疑難病症的治療與醫藥品開發領域中，都能夠得到廣泛的應用。

二〇〇四年二月，首爾大學的黃禹錫、文信容教授小組宣布了其研究團隊於二〇〇三年底，世界上首次在使用體細胞與卵子培養胚胎幹細胞方面，獲得了成功的消息。隨著胚胎幹細胞培育的成功，器官複製也變爲可能。在這個領域中，韓國已經達到了世界先進水準。如果按計畫進行下去的話，五年後將進入臨床實驗，十年後就能實現實際應用。瑪麗亞醫院的生命工學研究所朴世弼所長也說道：「韓國的生命工學，只不過在起步時間和規模上落後於先進國家，但在技術要求水準極高的胚胎幹細胞培育方面，韓國與先進國家的差距並不大。」

當然，有關於倫理方面的爭論，在一定時期內仍將存在，但是我們也無法放棄能夠進行器官複製和治療疑難病症的希望。讓我們聽一聽曾經與世界一百五十多位生命工學權威學者共同編著《科學的未來》的紐約大學教授的看法吧：

從現在開始到二〇二〇年，我們很可能看到多種可以被替代的人體器官被製造出來，並被使用在商業用途上。但是，這些替代人體器官可能只限於皮膚、骨骼、瓣膜、耳朵、鼻子等組織或細胞的種類。當然，也許到時肝臟或腎臟等內臟器官的替代器官也會被製造出來。

從二〇二〇年至二〇五〇年之間，包含眾多種類的組織細胞在內的複雜器官和身體部位，可能會在實驗室中被複製出來。這裡所說的複雜器官包括手、心臟以及其他內部器官。二〇五〇年以後，除了腦以外，幾乎所有的人體器官和組織細胞的替代品都能夠被製造出來。

當然，延長我們的生命是人類從古代就開始產生的夢想之一。但是比延長生命更具有野心的夢想，就是控制生命，並製造出從未在地球上出現過的新的有機體。在這個領域中，科學家們正在以飛快的速度接近著創造新生命體的能力。

生命工學的躍進，會帶來怎樣的變化

生命工學的發展會對韓國的未來產生怎樣的影響？首先是延長生命，特別是退休以後的生活將比我們原本想像的長得多。現在的三十或四十歲的人們，將接觸到眞正的「百年人生」。

根據二〇〇三年統計廳發表的《二〇〇一生命表》顯示，韓國女性的平均壽命是八十・一歲，男性的平均壽命是七十二・八四歲。但是由於平均壽命當中，還包括死於事故或疾病的情況，因此這個數值要比正常人的實際壽命少十年左右。在這個報告中還使用了「剩餘壽命期待值」的概念，就是指現在活著的各個年齡段的人們，將來可以活到多少歲的指標。因此，我們可以看到，正常人可以比平均壽命多活十年左右。其實，「人活百歲」的時代正向我們走來，只是我們並沒有意識到而已。

問題是現在韓國社會中三、四十歲的人們，並沒有對自己老年生活做好充分的準備。今天的三、四十歲的人們處在無法擺脫低成長的經濟狀況之下，生活在結構調整頻頻發生的時代，並且子女教育費用的負擔也不斷加重，能夠積累財富的機會也不多。

在經濟發展正在慢慢加速的過程中，能夠抓住致富機會的人固然存在，但也有一些人根本沒意識到世界的變化，甚至還有一些原來屬於富裕階層的人淪落為貧困層。雖然每個人都會做好各自的準備，但是隨著壽命的不斷延長，人們還是很有可將陷入無法預知的困境當中，因此，生命的延長所帶來的不一定都是好事！

高齡層的貧困，將成爲韓國社會巨大的難題。國家是否能夠解決這個難題，也是一個未知數。這是因爲，在進入高齡化社會之前，韓國經濟是否能夠恢復高成長，情況一直不是很明朗。國家雖然也應該幫助個人，但是個人也必須幫助自己，可是在韓國的未來，這兩點都看不見。

現在來談談希望性的話題。我們一直看好並做著充分準備的生命工學，能夠給韓國人帶來另外不同的機會。韓國人在制定短期目標，並爲了達到這個目標發揮個人的所有潛力的方面上，有著出眾的能力。這一點從韓國製造業的歷史就可以看到，曾在許多領域中，眾多有才幹的人將能源集中，並創造出輝煌的成就。從初期的微波爐開始，半導體、手機等領域都是在制定好短期、長期目標之後，爲了實現這個目標而集中全力推動專案的進行，並最終取得成功的產業。

我一直認爲，無論哪個產業想要有良好的發展前景，首先它得與這個國家的國民特性相吻合。生命工學就是在與時間賽跑，它不但需要堅忍不拔的精神和對事業的執著，還需要高度的團體作業能力。韓國之所以能夠在胚胎幹細胞領域中獲得令世人矚目的成就，也完全是因爲生命工學領域與韓國人的國民特性有互相符合的部分之故。並且，現在幾乎所有的優秀學生都擁進了醫科大學。在醫科大學和理工大學裡，集中著大部分優秀學生的現象，也可以看作是爲了發展生命工學，而形成的人才群。

如果臨床領域的市場到達了飽和狀態，那麼轉投基礎醫學或基礎科學領域的人數將會增加。已經有幾個醫療機關，在美國和其他國家申請了關於胚胎幹細胞研究專案的專利，並且國內的眾多醫科大學和大型醫院，也都正在積極開展著這方面的研究工作。

就像硬幣的兩面一樣 所有的變化和發展都必然存有危險和新的發展機會。對於飛速發展的生命工學，我們要引導社會的妥協，爭取獲得所有國民的積極支援。

生命工學，掌握住其發展主導權的國家，將掌握未來的社會。美國和日本等先進國家正投入著大量的資金和研究經費，向我們證明著這個事實。而已經擁有了一定競爭力的韓國，絕不能在接下來的競爭中放慢發展的速度。

十七、永不停止的速度戰爭

今天的新商品，明天就會被遺忘

商品、商務模式、技術、知識、企業的壽命周期正在不斷縮短。爲什麼會這樣？一部分原因在供給者方面，而另一部分原因則在顧客身上。首先，資訊的絕對量不斷增加的同時，資訊的流通速度也變得越來越快。在這個「知識爆發」的時代裡，知識的發展不斷加速，而知識也不僅僅在某個特定領域中產生影響，並且在看起來似乎與其完全不相干的領域中也被快速地融合擴散。

以這種知識爲基礎，由於供給方只要判斷顧客有這樣的需要，產品和服務就會被生產出來，因此商品的絕對量也在不斷增加。

我們以遺傳學領域爲例，在過去數十年間，遺傳學知識一直沒能得到人們的重視，但最近卻得到了急速的發展。一九九一年，在美國的專利商標局，關於遺傳學的專利不過四千多件，而到了一九九五年，就已經增加到了兩萬餘件，當時美國專利商標局的職員認爲，這只不過是一時性的現象，但是在一九九六年，與遺傳學相關的專利已經暴增至五十多萬件。

在另一方面，以「速度」作爲經營理念的企業數量也在不斷增加。如果有某個企業處於領先地位，那麼其他的企業就會爲了超越它而拚盡全力。在這個過程中，速度就成爲了無比重要的競爭力。

專門生產MP3播放器的I公司就是憑藉著速度，才成功地搶占了MP3的市場。新產品從設計開始，經過機器設計、迴路設計，直到模具設計爲止，通常需要花費四到五個月的時間。但I公司將這個時間縮短了一半左右。利用縮短爲三個月的生產周期，I公司在與那些一年內只能推出一兩種型號產品的同類公司的競爭中，獲得了壓倒性勝利，並且牢牢掌控了初期市場。

諾基亞在新型手機的開發上，通常需要花費一年到一年八個月左右的時間。但是韓國代表性的手機生產企業，只需要七到八個月左右，並且這個時間還在不斷縮短。手機企業通常會以推出新產品來搶占市場，他們常常會把這種與其他公司的競爭，稱作「與時間的戰爭」。

汽車行業也一樣。深深陷入供給過剩的困境當中的汽業生產企業，爲了能夠在這場「多長時間內能夠提供令消費者滿意的汽車？」的速度戰中占據領先地位，付出了大量的努力。我們經由每年在世界各地舉辦的汽車展示會，可以知道爲了滿足消費者每天都在變化的喜好，新車型的開發周期正在不斷縮短。現在生產一輛汽車所需要的時間，豐田公司是二十一‧八小時，本田公司是二十二‧二小時，通用公司是二十四‧四小時，而現代汽車公司只需要二十小時。在「誰的生產周期最短」上面，每時每刻都在發生著激烈的角逐戰。

在這種現象裡，將有越來越多不能引起消費者興趣的產品和服務，消失在我們的生活中。即使曾經吸引過眾多消費者目光的商品，也有可能在無聲無息中消失。幾年前曾大受歡迎的校友會網站「我愛學校」，就是一個很好的例子。到前不久爲止，曾經爲營利性網站帶來相當收益的虛擬角色服務，現在也已經呈衰退趨勢。這種現象在網路商務和資訊通信領域中更顯嚴重，但在其他領域中也無大的差別。《*60 Trend 60 Chance*》的籌畫者賽姆‧希爾，曾經提出「即時性陳舊化」現象，它作爲未來社會的特徵之一，是指無論產品、技術，還是知識，在市場中亮相之後，很快就變得一文不值的現象。

> 將來，我們將進入一個對推出新產品感到恐懼的時代。換句話說，從這本書的構思到完成，僅僅需要幾個月的時間。然而就在這短短的幾個月當中，就會有四千四百萬台電腦被廢棄。在未來，新產品將在一瞬間，由必需品淪落爲文鎮（無用之物）。

商品的生命周期不斷縮短，是一件令人非常疲勞的事情。但是我們已經開始進入奔騰的時代，在知識的爆發和資訊流通的加速化中，如果不能減緩發展速度，這種現象仍將不斷持續。對十年後事情的預測將變得十分困難，即使五年後的事情也很難準確地預測到。不要說三年，就連一年後的計畫也很難制定。

不斷縮短的知識壽命，不斷變長的再教育期間

和產品與服務的生命周期一樣，知識的生命周期也漸漸變短。無論在哪個領域中，對於自己所掌握知識的壽命正在不斷變短的事實，使知識勞動者感受到了深刻的威脅。這也是今天的大多數知識勞動者爲什麼都爲自己進行再教育的理由。

是否能夠爲顧客提供有用的知識？這個問題直接左右著知識勞動者的生存命運，因此知識勞動者們感受到了前所未有的危機感。可是，由於知識的累積在一定時間內才能產生出效果，所以人們無法輕易地將其轉移到實際行動當中。

正如以前曾經出現過的爭論一樣，也就是對於知識充電，個人、組織與國家各自應該負擔多少比重的問題。出於知識勞動者們在組織裡滯留的時間越來越短的趨勢，組織不願意再像過去一樣，爲個人的再教育負擔相當部分的費用。即便國家介入，也沒有提高效率的可能

性。

知識壽命的周期縮短，也就意味著不再有安定的工作，組織中的個人也需要付出更多的努力。「一人企業家」、「專業服務公司」、「自由職業者」等新生辭彙的廣泛普及現象，也充分地反映出了這個時代的劇烈變化。

無論是公司職員、醫生、律師，還是演講者，都必須自己制定目標和計畫，尋找有效的學習方法，並持續地爲自己進行教育投資。雖然暫時還處於初級階段，但是自從金融危機過後，這種現象在韓國社會已經形成了風潮。

在首爾市委託經營的四所專門職業學校，三十五歲以上的新生不斷呈現增加趨勢。由二〇〇〇年的七十七名到二〇〇三年的一百七十一名，增加了近二．五倍。在這些超齡學生當中，有許多人都是由於「榮譽退職」或「結構調整」而失去工作的失業員工，他們爲了重新建立起自己的事業，努力地學習著新興技術。在將來，爲了獲得更好的機會，或是爲了避免遭解聘的命運，不斷爲自己進行再教育的趨勢，將變成非常自然的現象。

即便在美國，僅二〇〇一年一年，五十歲以上的美國人，三個人中就有一人（二千三百萬名）接受了某種形態的再教育，這是一個達到了十年前兩倍的數字。美國大學生中有百分之十五是四十歲以上的成年人。

賽姆．希爾所舉的事例非常具有時事性，他向我們講述了生活在密西根州的瓊．麥魯索的故事。她在最小的孩子入學之後，對自己是否也應該接受再教育而苦惱不已，最終她得到了婆婆的支援。

「雖然彼得與孩子們一致贊成我去接受再教育，但是等到畢業時，我已經四十歲了。」

瓊這樣說道。

「但是，即便你不去上學，你四年後也同樣是四十歲，不是嗎？」

婆婆這樣勸說道。

於是，瓊重新進入了學校，並且順利地通過了律師考試。畢業後，瓊作爲家庭法院的法官，在獲得了諸多成就之後結束了她的事業。不僅只有現實的產品才以飛快的速度變得陳舊，就連處於飛速變化中的中年人也是一樣。因此，他們現在積極地爲自己進行著知識充電。（賽姆・希爾，《*60 Trend 60 Chance*》）

曾經對「自我啓發」、「自我經營」或「成功學」等相關書籍或講座絲毫不感興趣的人們，爲了克服將來越來越短的知識壽命周期，也會在尋找有效方法的過程中，對這個領域產生了極大的關心。並且，「自我啓發」等書籍的深度也將從概括性的總論水準，擴大到提供各種具體學習方法的詳細專論水準。

如果還不能從供給者爲主的思考方式中脫離出來，只憑藉現有的教育機關，很可能無法立即滿足這個領域日益增加的需要。因此，這部分將需要由線上教育機構承擔下來。

在國內，雖然提供專業知識的線上教育機關還未能做好充分的準備，但將來會得到極大的發展。在不斷擴大的市場中，線上教育機關能夠利用低廉的費用，爲眾多的顧客提供教育服務，並且由於沒有空間時間的界限，因此線上教育機會有著極好的發展前景。

據未來學者們的推算，現在知識的壽命平均爲三到五年左右，當然這個壽命還將不斷縮短。對於二十五歲以後開始工作的人們而言，在他們的一生中，將至少需要十次左右的知識再調整，才能跟得上這個飛速變化的時代。

如果不能保證每天投入一定時間進行知識充電的話，那麼將很難追趕上時代發展的步伐。變化不僅在組織中產生影響，而且還將對個人的問題產生影響。

十八、品牌，品牌，品牌

商品極其豐富的時代，選擇的基準在於品牌

現在我們處於一個商品極其豐富的時代，因此在生活中也充斥著鋪天蓋地的廣告。在這個時代，對某種特定的商品或服務產生「關注」，就意味著極大的價值。今天的企業爲了吸引顧客們的關心，不斷地變換著各種各樣的方法，但是顧客對廣告的關注程度，卻仍然沒有顯著的提升。

我們現在處於「選擇氾濫」或「選擇爆發」的處境。雖然偶爾去書店逛逛是一件愉快的事情，但是當您處於需要在眾多圖書當中選擇出您所需要的圖書的時候，您就會感到極大的負擔。市場營銷的威權人士傑克・特拉伍德針對美國的情況，向我們說明選擇的爆發是怎樣產生的。當然會有程度上的差異，但是經濟不斷發展的國家，將來也會走向美國曾經走過的

軌跡。

最近數十年間，在我們商務界中發生巨大的變化。幾乎在所有的類別中都產生了商品選擇的劃時代性多樣化現象。在美國，據推算，全部生產品的最小商品維持單位，即SKU（stock keeping unites）達到了一百萬件，普通的購物中心則保有四萬SKU。但是令人吃驚的是，普通消費者家庭只選擇一百五十餘件商品，就可能解決他們對商品需要的百分之八十到八十五。這也就是說，在超級市場中僅有一百五十件商品能夠引起消費者的購買欲望，而剩餘的三萬九千九百五十件商品只不過淪爲無人問津的陳列品。一九七〇年代初期，美國新推出的汽車車型不過一百四十種左右，而現在卻超過了二百六十種。

（傑克・特拉伍德，《傑克・特拉伍德，商務戰略》）

選擇又將推動一輪又一輪新的選擇。他所講述的並非是未來的故事，而是正發生在我們周圍的現實。

在這種狀況下，供給方不得不用盡各種花樣，以求吸引顧客的注意。以北美的企業爲例，他們二〇〇二年大約共投入了一千七百億美元的廣告費用，這使得消費者每個星期都可以看到六千個電視廣告。這是一個與一九八三年相比，增長了近百分之五十的數值。據賽思・高汀估計，美國人一年中將接觸到一百萬個廣告，這就意味著每天會接觸到三千多個廣告。

一九九九年，美國企業中往來接收的電子郵件數，每天不過三億五千萬件左右，但到了二〇〇二年，這個數值急增至近八億件。根據ＩＤＣ（International Data Cooperation）的預測，從二〇〇〇年開始，全世界的電子郵箱數量將以每年百分之一百三十八的速度不斷增加，到了二〇〇五年，將達到五億五千萬到十二億個左右。《蜂鳴營銷》的作者馬里昂・薩爾茲曼和他的同事們進行了市場調查，結果顯示被調查者中每十名中有六名(百分之六十四)正通過電子郵件的方式獲得商品、品牌、人、場所等相關資訊。這也充分說明了絕對訊息量正在急遽增加。

與美國相比，韓國的情況並沒有太大的不同。《大韓民國消費趨勢》的作者金相日先生說：「韓國人每天在一個小時的電視收視中，要接觸到四十個廣告，在閱讀一份報紙時最多能夠接觸到一百個廣告。」近來，還出現了給消費者提供一定特惠，誘使他們閱讀廣告的網站，這也說明了爲了吸引顧客們的關心，企業們正進行著炙熱的廣告大戰。

在複雜的社會和眞假難辨的資訊中，顧客逐漸找到屬於自己的生活方式，並且變得越來越精明。每天忙於工作的他們，總是感到時間不足，這促使他們迫切地尋找著能夠幫助他們進行正確購買活動的經理人或嚮導。應該看哪部電影？應該閱讀哪本書籍？應該購買哪種家用電器？爲了給顧客們解決這些苦惱，以幫助他們做出正確消費行爲的個人或企業，便開始粉墨登場了。

歐普拉．溫芙蕾主持的電視節目，在美國得到了相當程度的關注和歡迎。二〇〇二年，歐普拉主持的「書吧（Book Club）」成爲了正規電視節目之後，她爲觀眾們推薦的書籍幾乎都成爲了全美暢銷書。這個事例也充分說明了一個精明的經理人會爲顧客帶來怎樣的影響和幫助。

對於這種現象，《欲望的進化》的執筆人——麥爾林達．大衛，將其稱爲「尤達主義」。「尤達」就是在電影《星際大戰》中出現的外星人，象徵著具有超能力和預知力，指導人類走向正確道路的存在。那麼在我們的未來，「尤達主義」又將具有怎樣的意義呢？麥爾林達．大衛這樣說道：

「尤達主義」是一種穿越荊棘，尋找光明之路的欲望。我們殷切地期盼著某種具有超能力的存在，能夠爲我們指點道路，對所有的未知事物進行說明，告訴我們應該做些什麼，最終應該追求什麼。

人們將不斷地尋找能夠代替自己做出選擇的「選擇者」，即尤達。消費者們由於精神性疲勞，將迫切盼望出現一個值得我們信賴的神或代行者，來引導我們進行正確消費。

與失去選擇機會的遺憾或對於選擇結果的恐懼感相比，能夠掃除選擇帶來的壓力則更有價值。知識仲介者將在鋪天蓋地的資訊和消費者之間，起到緩衝作用，並改變商務或個人生活的模式。

企業最寶貴的財產，品牌

誰將成爲二十一世紀的尤達?品牌（brand）將成爲消費者的尤達。世界越變越複雜，使得人們開始追求單純的生活。這也使得品牌作爲具有極大價值的資產，牢牢地鞏固了這個位置。在眾多品牌當中，能夠在與同行業激烈的競爭中，將自己品牌深深印刻在顧客頭腦中的超級品牌，最終將可以引導顧客的消費行爲。

根據心理學者們的研究，人類的頭腦無法一次性記憶七種以上的資訊。可是對於消費者，別說七種資訊，按種類別一次最多只能想起二到三種品牌。那麼，您能否將您的品牌放入消費者的心中呢?爲了達到這個目的，所有的企業都在投資著大量的廣告費用，相互進行著激烈的競爭。

所有的東西都能夠成爲品牌。產品、服務、國家或個人也能夠成爲品牌。三星手機、LG滾筒洗衣機、可口可樂、麥當勞、Buger King、Calvinklein、Versace、Salvatore

Ferragamo、傑克・韋爾奇（前通用電氣公司總裁）、湯姆・彼得斯（管理培訓大師）、安哲洙（韓國網路安全專家）等也都是品牌。也許當您看到這些熟知的品牌時，同時就會想起這些品牌的某種商品或形象。

香吉士（Sunkist）公司的CEO里舍爾・翰林說：「橙子只是橙子，它不一定會成爲香吉士。在消費者當中約百分之八十的人熟知這個名字，並信賴著它。」對於星巴克這個品牌，也曾經有人說過相似的話。被稱爲「現代營銷之父」的菲利普・科特勒，也曾這樣說道：「如果說這個世界上還有一種與眾不同的咖啡，那就是星巴克。」

我在給企業講課的時候，經常說的一句話就是：「從創業開始到成爲中堅企業，需要相當大的努力，可是，更加困難的事情就是創造出自己的品牌。」品牌屬於無形資產，要想創造出一個著名的品牌，需要超人的勇氣和極大的努力，並且還需要一定的運氣才有可能做到。廣告界的傳奇人物大衛・奧格威曾說過：「無論你的客戶是個多麼愚蠢的人，你也不能對他進行詐欺性交易，哪怕只有一次。如果想要創造品牌，就需要天賦性的能力和信任，還有不屈的精神與努力。」

那麼，對於企業來講，品牌到底是什麼呢?品牌的意義已經遠遠超越了其被廣泛傳播的名字。廣告界的權威塞爾吉奧・吉曼對於品牌這樣定義道：

品牌是承載著消費者對於某種產品或服務的所有經驗的容器。品牌是產品的特性、使用經驗、象徵的結合體。在消費者們的喜好、要求與能夠滿足消費者們這些需要的公司之間，品牌發揮了關鍵的連接作用。品牌能夠使對其「忠心耿耿」的消費者繼續使用其產品。品牌也是向消費者們傳遞公司產品價值及服務意義的手段。品牌是一個公司最終的資產。

將來，國際品牌將在全球範圍內不斷擴大它們的影響力。在韓國已經成功地建立起自己穩固地位的國際品牌，將對國內市場產生了巨大的影響力，而新品牌想要取而代之則變得極爲困難。整個世界正在朝著以品牌爲中心的消費同質化方向前進。

在這種背景下，韓國企業之間將展開激烈的戰爭。如果沒能創造出自己的品牌，那麼就將會被拋入慘烈的價格戰當中。而意識到這點的企業們，不得不爲了創造品牌而投入大量的資源。因爲當品牌不具備任何意義的時候，即，不知道應該選擇哪個品牌商品的時候，消費者將會以價格爲基準進行消費行爲。

與那些已經根深蒂固的國際品牌進行競爭，雖然會非常艱難，但也並非完全不可能。因爲在我們周邊，雖然處於國際品牌重重包圍的困境中，依然獲得了輝煌成就的三星手機、易買得超市（E-Mart）等諸多典範，可以給予我們充分的信心與經驗。「請創造出您固有的品牌，否則就請記住，您將暴露在慘烈無比的價格戰爭中！」這是對於經營者們提出的命令。

個人品牌，所有東西都將被序列化

品牌，不僅對於企業非常重要，並且逐漸涉及到個人的問題。在演員或歌手等行業當中，個人品牌的概念早已產生多時。隨著以知識爲基礎的經濟不斷地擴散，將來在與知識或才能相關的所有領域中，個人品牌將排出序列並被公開。公司職員也是一樣，如果能夠努力創出自己的品牌，那麼以後就會享受到品牌所帶來的利益。雖然目前還未達到這樣的社會，但是將來，個人的產品、服務或個人本身，都將具有相當的經濟效益。

當然，對於以知識攻略大眾市場的人們來說，品牌固然重要。但是，那些能夠在與大眾沒有任何關連的領域中創造出品牌的人們，也可以從自身的品牌中獲得相應的回報，我們正在進入這樣的時代。在美國競爭激烈的教授社會中所發生的事情，也正向我們說明這樣的變化。

一九九八年夏天，美國哥倫比亞大學與哈佛大學之間，爲了爭奪著名的經濟學教授羅伯特・培魯而展開了一場微妙的競爭。如果不是羅伯特・萊西在其著作《富有的奴隸》中公開了這件事情，一般人根本無從知道。當時，哥倫比亞大學爲了說服羅伯特・培魯教授放棄在哈佛大學的終身教授職位，轉到該校來任教，提出非常優厚的條件：三十萬美元的年薪（這是當時除了哈佛大學與哥倫比亞大學之外，其他一流大學教授的最高年薪的兩倍左右）、三個大研究室、高額的研究經費、挑選年輕有爲的經濟學者的權力、子女在曼哈頓私立學校的入學資格、妻子擔任大學職員的資格（年薪五萬美元），以及提供產權歸於大學的住房（包括房屋的改建、裝潢施工）等。在最保守的大學社會中，居然也發生了這樣巨大的變化，這也向我們證明了不僅僅是某個組織的品牌，就連個人的品牌也變得非常重要。

這個眞實的事例向我們展現了培魯教授所保有的兩個品牌，即，哈佛大學和培魯品牌之間的微妙關係。培魯教授以教授的身分進行的研究、著書等活動，在提高了哈佛大學知名度的同時，也開發出了自己的品牌。這也意味著他在爲自己工作的時候，同時也爲哈佛大學做出了巨大貢獻。（羅伯特・萊西，《富有的奴隸》）

在未來，這種變化將成爲大勢所趨。不久前，某家報社以出版者爲對象，對作家的個人品牌進行了評價，並發表了結果。看到這個消息，我不由得感慨，所有東西都將被序列化的時代，終於到來了。

日益下滑的韓國國家品牌，怎樣才能恢復？

最後，在企業或個人品牌背後，起到支撐作用的就是國家的品牌。使世界所有人的心中都對韓國留有深刻的印象與好感，是一個需要大量時間與投資的長期課題。Bani & Company的李成榮社長曾說過：就連三星電子這樣的國內超優秀企業，也因爲本身是韓國企業，而遭到了最高百分之五十、最低百分之二十、平均百分之三十左右的折扣評價。這正是所謂的「韓國折扣（Korean discount）」。韓國的國家品牌不但使國內企業得到了過低的評價，並且還在生產現場產生了實際影響。李成榮社長還說：「韓國折扣現象的存在，是一個無可爭辯的事實，對於韓國和生活在韓國的人們，造成了巨大的傷害。」

韓國西門子的喬賽普・賓特社長，曾經在某次訪談中透露出他的苦惱：「每當發生韓國勞資糾紛或北韓發展核武器問題時，我都非常難以向總公司進行說明。」「因爲每次在韓國發生大型的勞資糾紛問題的時候，全世界的輿論都會競相報導，而這些對於韓國的負面認識，也會在歐洲迅速傳播開來。」

如果激烈的勞資糾紛、政治人互相打鬥的場面，以及政府腐敗的傳聞，透過媒體被全世界所報導的事情反覆發生的話，那麼對於韓國企業和商品的不良印象，不可避免地繼續深入世界所有人的心中。

對於普通人來講，一般只要在與自身的利益沒有太大關連的情況下，對於事物或現象總是忽略正確的認識，而只憑藉單純的認識來構成對事物和現象的印象。因此在這點上，我們需要花費更多的精力去考慮，我們的所做所爲會在別人心目中留下怎樣的印象。

當然，這並不是一件在短時期內能夠解決的問題。但是，我們首先要努力使我們生活的社會裡，所發生的各種事情能夠盡可能地符合常理。雖然諸多原因使外國對韓國社會的事物或現象產生了不良印象，但我們只需要改善其中的幾點，就能夠收到很好的效果。比如說飄揚在勞資糾紛現場的醒目紅色旗幟，或勞動者們示威時的激烈言行等。

擔負著管理國家品牌任務的人們，在付給CNN大量的廣告費用之前，首先要針對能夠使國家印象受到損傷的部分，進行徹底的解決。正如今天的企業品牌管理不再是某個特定部門的問題一樣，國家品牌的管理也不再只是關係到某個特定部門的事情。恢復朝氣蓬勃、充滿魅力的韓國印象，不僅本身意義重大，並且還能使韓國良好的國家品牌對共同體成員產生積極的影響。

十九、美就是競爭力

外形美觀的產品才具有競爭力

雖然每個人對人類未來發展前景的看法不同，但我本人卻持有樂觀的態度。在生產性向上、交易的不斷擴大、創意性的提高等各種因素的綜合作用下，人類整體的生活水準將越來越高。當然，隨著地區、國家、體制的不同，也會產生優劣之分，並且保持優勢的國家與處於劣勢的國家之間，也將不可避免地繼續拉大差距。即使我們不去假設在未來也會發生與今天一樣的技術發展與變革，但是只要回頭看看過去，我們就可以對人類的未來產生充分的樂觀與肯定。只要拓寬自己的眼界，我們就可以看到許多這樣的事例。

從商品的發達史角度來看，人類的歷史就是「由奢侈商品向普通商品轉變的歷史」。仔細看看您的生活，過去憑藉您的收入水平絕對買不起的商品，現在卻擺滿了您的房間。這也充分說明了您的生活水平得到了極大的改善。以萬寶龍鋼筆爲例，它在十到二十年之前還是只屬於極少數人的商品，而現在已經成爲了普通人也能夠買得起的商品。因此，自由主義經濟學者馮·米塞斯曾經說過：「在資本主義社會中，曾經的奢侈商品最終必然將成爲普通商品。」

還有，一九九〇年時的人類平均期待壽命僅爲三十歲，但是之後由一九五〇年的四十一歲、一九六〇年的四十六歲、一九七〇年的五十五歲、直到一九九八年的六十五歲，不斷呈上升趨勢。人類平均壽命的增長，主要是由經濟成長帶來的營養攝取量的增加，和醫學技術發展所帶來的疾病治癒率的提高等兩個因素促成的。世界的糧食生產也在半個世紀間增加兩倍。一九六一年到一九九一年之間，平均每人每天攝取的卡路里，由二二五七卡增加到二八〇八卡，提高了近百分之二十四。而在發展中國家，這個數值也由一九三二卡增加到二六八四卡，提高了近百分之三十九。約翰·魯培爾格在其著作《*In Defense of Global Capitalism*》中提出了這樣的展望：

一九六〇年以來至今，第三世界的人均攝取的卡路里量增加了近百分之三十。根據聯合國糧食農業機構的統計顯示，一九七〇年代，發展中國家中，有九億六千萬人陷入了營養匱乏的境地，而到了一九八〇年代，這個數值減少至八億三千萬，到了一九九〇年代，已經減至七億九千萬人。一九七〇年代，發展中國家的國民中，近百分之三十七的人受到了貧困的影響，而到了一九九六年，這個數值已經下降到百分之十八。據預測，到了二〇二〇年，發展中國家中貧困層的比重將下降到百分之十二左右。

生活水準的提高將帶來怎樣的變化？特別是顧客們又將會發生怎樣的變化？根據變化趨勢顯示，將來追求「美的享受」的人們將越來越多，因此在過去的購買決定中未曾產生過太大影響的「美」，將成爲重要的因素。

據NEXT集團的CEO、未來學者梅琳達・戴維斯的預測：未來的顧客們仍然將在充分考慮到產品性能、價格對比價值（性價比）、心理狀態之後再做出購買決定，但是這些因素的優先序列將發生巨大的變化。即，心理狀態將成爲最重要的決定因素。雖然人們仍然重視產品的質量，但是會將其作爲想當然的產品性能來接受。顧客們會發出「好吧！你們公司的產品質量最好，但是還有什麼？」一般的提問，而以「我們的產品特別便宜，所以請購買！」這種方式進行回答已經失去了號召力。正確的答案是，使顧客被產品的美所吸引，並對顧客的心理狀態產生影響，從而使顧客產生購買的欲望。

美感與利潤直接連接的時代

無論誰都擁有追求美的欲望。當然，這是在衣食住行等基本欲望得到滿足以後才會產生的，但這種欲望卻非常強烈。即使回顧歷史，我們也可以看到，當財富積累到一定程度以上，人們就會將全部精力放在追求美的上面。在漫長的人類歷史中，藝術家這個職業的產生並沒有多長時間，而是在物質生活達到一定的豐足程度之後才出現的職業。

當社會漸漸變得富裕，並能夠為人們提供一個安樂環境的時候，具有創造性的個人就會從辛苦的體力勞動中解脫出來，轉而設計屬於自己的世界。並且，富裕的社會必將使人們轉向追求美和快樂的消費傾向。文藝復興時代之後，專業藝術家正式走向獨立的道路，在這個過程中，資本主義發揮了決定性的作用。《商業文化讚歌》的作者泰勒・科文這樣說道：

> 在市場經濟環境下，消費大眾的直接要求，使得藝術家變得自由自在。資本主義以多種途徑提供資源，藝術家們研磨他們的技能，在創作作品上花費大量的時間，徹底地追求自己所選擇的創作體裁的內在倫理，並啓發經營能力。在這個社會中，藝術家可以在各個領域中滿足自身的創作欲望。

就像資本主義促進了藝術的發展一樣，也使富裕的人們追求美的欲望不斷上升。並且，顧客們追求美的欲望使商品愈發地重視「外觀與感覺（look & feel）」。在未來，我們將進入一個只有「Look good!」或「Feel good!」的商品才能夠得到消費者青睞的世界。

這並非只侷限於產品或服務。無論您是推銷員、作者還是政治家，如果無法利用外觀與感覺抓住顧客的心，那麼就將無辜地受到利益的損失。但這絕不意味著商品的性能、便利性或價格就變得不再重要，只是顧客們對於您在這些方面所做出的努力，不再給予過高的評價而已。因爲這些都是商品應該具有的最基本的性質。

《款式的戰略》的作家、《*Reason*》的編輯負責人維吉妮亞・波斯特萊爾曾經這樣說過：「在將來，美學不再只是少數富裕或特別的人才關心的事物，它將脫離學問的領域，最終被擴散到所有的領域當中。」就連工程師、MBA、房地產開發商等原來與美國毫無關連的人們，如果無法在美學的觀點上與顧客進行嚴謹溝通的話，就絕對無法獲得成功。那麼美學到底是什麼？難道我們都需要學習美學？讓我們來聽聽維吉妮亞・波斯特萊爾的另一番話：

美學是我們經由感官進行意念溝通的方式，也就是對於人、場所、事物的反應，並非用語言，而是用外觀和感覺進行表現的一種技術。與語言表達相比，美學的表現更加直觀，並讓您更加快樂。它的效果雖然可以從即時性、感覺、情趣等方面進行分析，但絕不具有知性。美學是爲了使觀看它的人產生情趣性反應，利用線、形態、色調、色彩以及質感來表現的技術。

那麼，正在爲未來做準備的我們應該做些什麼呢？出色的設計師應該創造出能夠喚起顧客的感性的作品。在《設計與品牌》一書中，鄭京原教授說道：「所謂設計，就是使用卓越的技能（科學技術）與審美性的形態（造形藝術）形成有機性的調和，以使顧客感受到極大滿足的捷徑。」首爾大學經營系的尹碩哲教授，對於這一點也強調道：「要想產品能在激烈的競爭中生存下來，則需要能夠創造出理性價值的『敘述開發』，和能夠創造出感性價值的『設計開發』。」

因此，您要經常思考您的產品和服務是否能夠以出色的設計感動顧客，而爲了達到這個目標，又應該做些什麼？

企業也應該去思考，怎樣將美感融入到自己的公司文化當中。應該在公司所有員工的想像、思考與行動中，自然而然地透露出美的感覺。因爲企業的最終產物——產品或服務，也是從員工們的美感中產生的，所以這並非只是進行設計工作的某個特定部門的特定工作。

從一九九一年開始，我在許多企業的各種部門中進行過演講。每當這時，我都會仔細地觀察這個組織的各方面。在這眾多企業當中，只有在訪問S集團下屬公司的時候，才感受到出眾的美感。

當然，S集團能夠獲得今天的成就，是許多因素共同作用的結果。但是在這些因素當中，我們絕對不能忽視S集團對美感文化的重視，和將其擴散至商品或建築等產物當中的創造力。而有幸在這樣重視美感的企業中工作的人們，也會在耳濡目染中接受這種美感，並將其作爲生活的一部分。在這個越來越重視超出性能的價值的世界，已經意識到美感重要性的企業，將在各自的品牌上得到飛速的發展。美感原本就是與爲了提高生產性的經營革新中所強調的清掃、清潔、整理、整頓等價值一脈相承的。

不久前，我應邀去某個生產塑膠材料的企業進行訪問，並與其工廠廠長進行了長時間的交流。那位廠長這樣說道：

「最近，我們在『感性品質』上面下了很大的工夫。由於顧客們越來越重視感覺，因此我相信原材料加工產業將會是一個很有前途的領域。我也每天都在向員工們強調這一點。」

即使在個人的角度上，美感的重要性也會與日俱增。由於從前曾接受過「重視內在，而不重視外觀」的教育，因此韓國人曾在很長一段時間內，沒有在「美」上面花費精力。但是，如果您是一位渴望成功的專業人士，首先要具備實力，然後還需要在美學方面不斷地提高自身的素養。特別是需要直接與客戶見面洽談的人們，更需要在這方面多做努力。

但令人意外的是，在這方面沒有任何感覺的人居然很多。如果仍然不能從供給者中心的思維中解脫出來，並且配合顧客想法的話（當然，如果遇到與自己想法相似的顧客就沒有問題），很可能將失去自身的形象，並蒙受到相應的損失。

在某種意義上，我們都是推銷員。因此，我非常喜歡「人生就是推銷」這句話。聖雄甘地、約翰・甘迺迪、朴正熙、李光耀、柴契爾夫人等政治家們，也同樣將自己的信念、想法及對未來的展望，賣給了被稱爲「有權者」的顧客們。

無論是經營者，還是公司職員，都屬於推銷員的一種，他們都是在掌握顧客的要求後，向顧客提供產品、服務和機會的人。

因此，若想成爲出色的推銷員，要比別人提前一步領會顧客們的想法，並且找到能夠感動顧客的方法。要牢記在即將到來的時代，能夠感動顧客，並使其產生消費欲望的重要因素就是「美」。同時這也意味著，爲了正確掌握顧客對於美的諸多欲望和喜好，將有更多的能量被投入進去。

另一方面，在共同體的角度上，應該從極其細微的小事上開始重視「美」。每當我看到市內隨處可見的立式招牌，以及那些完全將建築物遮掩住的花花綠綠的廣告板，我就會想，即使多花一些時間，也應該充分地考慮到「美感」，以提高社會整體的水準。如果您周遊過世界，那麼您就會對許多美麗乾淨的城市留下深刻的印象。而這些美麗的城市，整潔的街道會使外國遊客馬上產生對這個國家的好感，而這正是金錢也買不到的機會。

從產業的角度來看，我們應該馬上著手開始進行培養設計產業，並使全社會都認識到它的重要性。這也是一個對我們衣食住行方面產生影響的重要問題。

二十、高齡化時代，人口不斷老化的地球村

老去的社會

在美國，從一九四五年到一九六四年之間出生的七千五百萬人口，被稱爲「嬰兒潮一代（時期）」。這與隨後而來的「嬰兒潮解組時期（X時代）」的四百一十萬，和「嬰兒潮再現時期（E時代）」的六百四十萬相比，是一個占壓倒性的數據。因此，他們的一舉一動在政治、經濟、社會活動中，形成了一股巨大的勢力。

他們從一九七〇年初正式開始購買住房，導致美國的房地產價格也開始暴漲。同樣，他們從一九九〇年開始投資股票，也使得美國的股票市場經歷了一段蓬勃期。他們在這期間的消費、投資、流行等方面都引導了一個個潮流。

現在，他們每七．二秒就會有一個人進入五十歲。到了二〇一〇年，隨著「嬰兒潮一代」

的隱退而產生的後遺症，將正式爆發。美國聯邦儲備銀行理事會議長（聯準會主席）葛林斯潘，在常任委員會上強調，「如果『嬰兒潮一代』在十年內開始隱退的話，現在的養老金和老齡者醫療保險制度將很難支撐，應該儘早制定出相應的對策。」《瞭解美國經濟才能看到成功的希望》一書的作者威廉・斯特林和史蒂芬・威特也預言，從嬰兒潮一代開始大舉隱退的那一刻，「美國經濟的冰河期（Big Chill）」將正式開始。

隨著嬰兒潮一代將他們的住房規模縮小，並向氣候溫暖的地方遷移，房地產的價格也將大幅下跌。同時，股票價格也將在很長一段時期持續下跌趨勢。這些都是在嬰兒潮一代隱退之後，爲了保證充足的生活費而將股票換成現金，這個過程將是不可避免的事情。

而當技術革命發展到了難以讓人置信的高度人工智慧化階段時，它的陰暗面將暴露無遺。隨著具有人工智慧的電腦不斷的增加，它們將代替更多的勞動者進行生產、創造活動，同時也將導致越來越多的人失去工作。辦公室職員和專家們也逃脫不了這殘酷的現實，從而帶來富有層和貧困層之間的差距越來越大。

那麼，韓國的情況又會怎樣呢？韓國的「嬰兒潮一代」應該算是韓國戰爭結束之後的一九五四年至一九六五年之間出生的人們。而一九六六年至一九七〇年代中期之間出生的人們，則被稱爲「嬰兒潮解組時期（出生率大幅下降的現象）」，也常被稱爲「X時代」。現在，前者爲四十歲左右，後者爲三十歲左右。

作爲「嬰兒潮一代」的先鋒，一九五五年出生的一代人，將在二〇一〇年達到韓國平均退休年齡的五十六歲。與美國的情況相同，對於他們隱退之後，將對資產市場帶來的負面影響，已經引起了政府的高度關注。嬰兒潮一代在人口構成上占據了最高的比重，他們的隱退也就意味著勞動人口（十五～六十四歲）的減少。

從一九六一年開始，韓國的勞動人口一直呈現增加趨勢，並在二〇〇〇年達到了百分之七十一．一。但是到了二〇二〇年，隨著五十到六十四歲的人口增長至總勞動人口的百分之三十三（約爲二〇〇〇年的兩倍），不僅會導致生產性下降，而且會造成潛在成長率的低下。一九七〇年，韓國的扶養率爲十七．五名勞動人口扶養一名六十五歲以上的老人，而到了二〇〇三年，扶養率已經下落至八．六名。據推算，到了二〇三〇年，韓國的扶養率將下降至二．八名勞動人口扶養一名老人。那時的人口結構將呈頂尖高高聳起的金字塔形狀。

一九七〇年的新生兒總數爲一百零七萬名，平均每天兩千五百七十九名。而二〇〇二年的新生兒總數僅爲四十九萬五千名，急減爲每天平均一千三百五十六名。在二〇〇三學年度的大學入學考試中，全國一百九十九個四年制大學，只錄取了三萬五千六百八十一名學生，這個數據只相當於入學員額的百分之九．四。大學的招生部門預測，由於學生數量急遽減少，將有百分之五十以上的大學成爲結構調整的對象。這不僅僅是大學招生的問題，也導致了幼稚園、保育設施、小學、初中、高中學校的結構調整，以及相關產業的衰退等問題。

高齡化還將導致經濟成長緩慢、養老金枯竭、醫療費用支出增加等多種社會問題的發生，正如今天互相纏繞成一團亂麻的農村問題一樣，雖然已經有了明確的解決辦法，但是隨著政治性決定的非效率投資仍然不斷地進行著。老人們很有可能形成一股巨大的政治勢力，並提出越來越多的要求。由於勞動人口的不足，而一直處於低速成長的韓國經濟中，老年人口的急遽增長將很可能打破資源分配的平衡。並且，由於沒有其他維持生計的方法，老人們的要求將變得益發迫切與強硬。

李賢升和金賢振在《老去的韓國》中提出了這樣的預言：

高齡化問題的深化，將很有可能在以實質性政治力量爲基礎，去要求更多優惠政策的老年層與將對老年層要求的諸多優惠政策，負起實際責任的勞動適齡層之間引發激烈的糾紛。想像一下，在嬰兒潮一代達到六十五歲的二〇一五年以後，六十五歲以上的老年人將掌握實質性政治權力，當他們面對沒有任何養老對策的未來，這些高齡者會帶有怎樣的政治性傾向呢？誰又敢斷言，他們不會否決教育預算，並縮小國家的基礎建設，而將這一大筆開支用於大幅度增加對老年層的優惠政策上面去呢？

對於他們的預言，我也抱有同感。在關係到個人負擔的情況下，老人們首先考慮到的會是自己的後代。但是在關係到諸如養老金或醫療保險等決定的時候，老人們很可能會更加重視自身的利益。實際上，掌握政治權力的人當中，五十歲以上的人口雖然在一九九七年僅爲百分之二十七，但據預測，這個比重將在二〇一〇年達到百分之三十八，而到了二〇二〇年，更將高達百分之四十六。這就意味著，老人們最終將掌握住總統選舉的決定權。老人的政治勢力化的到來，比我們想像要來得更早。

有沒有能夠解決高齡化問題的辦法？

在美國，占總人口不過百分之十二的六十五歲以上的老人們，正使用著全部醫療費的三分之一。雖然醫療保險制度的改革已經刻不容緩，但是想要削減全體公民的利益卻不是一件容易的事情。從醫療保險制度中受益最大的老年人口將掀起強烈的反抗，而沒有任何政治家能夠圓滿地解決這個問題。因此，高齡化社會的根本性問題在爆發前期不斷累積，並在某個瞬間突然全面爆發。在韓國也存在同樣的問題。

韓國的健康保險財政支出金額，由一九九五年的五兆韓元上升至二〇〇三年的十六兆韓元，在十年間激增了三倍以上。最近的OECD資料上，也預示著韓國的醫療費用支出仍將不斷呈上升趨勢。OECD會員國的醫療費用支出增長率平均僅爲百分之十六・〇一，而韓國卻列於葡萄牙與捷克之後，以百分之三十四・九的增長率排在第三位。

我們可以再參考一下健康保險評價院的資料：二〇〇三年，六十五歲以上人口的醫療費用達到了全部醫療費用的百分之二十一・三（四兆四千七百二十三億韓元），並且這是一個從二〇〇〇年開始不斷持續大幅度增長的數値。在二〇〇三年的健康保險加入者中，老年人口不過只占百分之七・五（三百五十四萬一千名）。考慮到這一點，我們可以充分理解到，在老年人口將比現在增加二至三倍的將來，醫療費用的支出金額將達到一個怎樣令人瞠目結舌的數據。

另一方面，在比韓國更早經歷了低出生率和高齡化問題的日本社會中，我們可以觀察到的明顯特徵是，老年人口幾乎不進行任何消費行爲。由於老年人不進行正常消費，從而使經濟活動不得不進入了生產萎縮、經濟成長速度緩慢的惡性循環當中。並且，由於老年人都具有企圖維持現狀的傾向，因此社會逐漸失去原有的活力。現在，日本的個人金融資產爲一千三百兆日圓，而其中六十五歲以上老年人的金融資產比重約爲百分之六十，如果將範圍擴大到五十五歲以上的話，這個比重値則高達百分之八十五。

進入高齡社會日程表

2002年	2016年	2019年	2023年	2026年
高齡化社會（65歲以上人口：7%以上）	勞動人口開始減少	高齡化社會（65歲以上人口：14%以上）	總人口開始減少	超高齡社會（65歲以上人口：20%以上）
65歲人口：7.4%		65歲人口：14.4%		65歲人口：20%

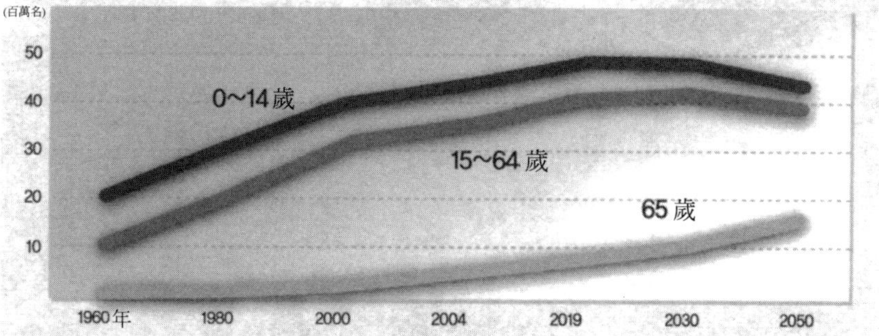

資料：金龍益，《對應高齡化社會的國家戰略》，高齡及未來社會委員會，2004年12月17日

目前還沒有任何能夠解決低出生率和高齡化問題的靈丹妙藥。特別是獎勵生育要比限制生育更加困難。生育不但是徹頭徹尾的個人選擇問題，而且對於個人主義傾向日趨深化的年輕一代，生育獎勵是否能奏效，誰也不敢斷言。

對於我們來講，能夠對高齡化社會的到來進行準備的時間已經不多了，短則五年，長也不過十年。首先，我們需要制訂更加合理的養老金和健康保險制度。但是，在現有這種國營體制下，無論再怎樣對養老金和保險制度進行完善，也無法解決結構性的高費用與低效率問題。在維持本來意圖的條件下，養老金的民營化和民間醫療保險、實施醫療儲蓄帳戶等，將不可避免地按著市場經濟原理，發生巨大的變化。

我們必須減少不必要的財政支出與固定費用。在對高齡化社會做準備的階段，健全的財政、爲了老年人口而制訂的合理性制度，都是必不可少的。

如果維持現有的制度，那麼不同時代的人群之間，必將發生激烈的糾紛。因此，在雙方問題還未正式激化之前，我們必須對扶養者和被扶養者之間的負擔分配，進行合理的調整。如果以受益者負擔的原則爲基本，那麼政府負擔則必須不超過最小限。這是因爲除此之外，沒有任何方法能夠阻止費用爆發性的增加。

不僅是共同體，個人也必須仔細思考「從年輕時開始應該做好哪些準備？」這個問題，並收集資料、制訂計畫，並將其付諸實踐。任何人都有老去的那一天，但這並非著急就能夠解決的問題。展望一下長壽的未來，就會明白我們絕不能再將問題拖延下去，現在就應該開始行動。

多觀察一下比韓國更早經歷過高齡化社會的國家中發生過怎樣的問題，這將對我們產生極大的幫助。並且，保持身體健康也是對未來的準備之一。

二十一、極度危險的世界，未來的風險

未來十年，組織將面對的危險

比較一下過去和現在的生活，您會對外面的世界發生的各種事物，產生更多的關心。這是由於在某個特定地區內發生的事情，不再僅僅只對本地區產生影響的緣故。波及效果不但可以到達其以外的地區，並且傳播速度也非常快，幾乎可看作是同步發生。

在東南亞爆發金融危機的時候，我們清楚地看到了其產生的巨大影響，和向周邊國家迅速擴散的情況。伊拉克的戰況和人質斬首事件等，也幾乎在同步時間內就傳遍了全世界。就連一些在過去曾經被看作微不足道的事件，在今天也會對緊密聯繫的世界產生巨大的影響。因此，不但危險的絕對量在不斷地增加，造成危險的因素也變得多種多樣。並且，以幫助製造危險事件來獲取利益的集團，不但在數量上，而且在影響力上都得到了擴大。

現在，企業與個人必須積極管理好這些危險，才能爲將來開闢一條平坦的道路。指揮者們在指導業務發展的同時，也必須擔負起「風險管理者」的義務。一九九七年的金融危機，就是由於沒有進行徹底的風險管理，而導致國家和企業都因此蒙受了巨大經濟損失的事件。

爲了阻止國家性災難再度發生，韓國籌畫構築了早期警報系統。而設立國際金融中心的主要目的也是「建立能夠快速收集國內外金融市場資訊的網路系統，從倫敦、香港等國際金融市場的商人處獲得必要的資訊，以此分析外匯市場的異常動向和投機性短期資本的流動等，並向政府、韓國銀行，以及金融機關等部門提出應對方案。」這也充分地說明了對於國際經濟可能帶來的風險，韓國社會是如何積極地採取著對應措施。但是，隨著時間的推移，對國家的風險管理卻逐漸呈痲痹趨勢。

企業的經營者們現在逐漸認識到，應該改變對待危險的態度。要時刻注視在國際社會不斷發生的多種風險，並預測它們將會給自己的企業帶來怎樣的影響。對企業直接產生影響的外匯兌換風險、原材料價值風險，以及特定國家或地區的風險與過去相比，變得更具有複合性和即時性，這些都可能對企業產生巨大的影響。

生活在經濟學者們的巨視展望不再通用的時代，經營者們必須利用自己的直觀、洞察力，以及近乎固執的堅守原則的態度，才能在充滿危險的世界中乘風遠航。整理所有對企業環境變化產生影響的因素，並瞭解各個因素所能帶來的風險和機會之後，制訂一個詳細的對應方案，這個習慣將會對所有的企業經營者，發揮很大的幫助作用。

覺醒的顧客將成爲企業另一方面的風險。在韓國，與企業相關的多種訴訟，還沒有達到普遍的程度。這也意味著民眾仍然還不習慣利用法律去解決問題。但是，顧客也在變化。在將來，原來可以大事化小、小事化無的事情，卻被付諸法律的事情將會頻繁發生。過去，當我們聽到美國的著名企業由於官司失敗而最終破產的消息時，我們一直認爲這種事情離我們還很遠。可是現在，韓國的消費者們爲了維護自己的權利，將開始不斷地把損害其利益的企業告上法庭。並且，律師數量的不斷增加，也向我們預示著，企業與顧客之間將發生越來越多的法律風險。

企業需要面對的另一個風險就是評判。雖然在過去，也有許多企業由於預想不到的報導，而蒙受了巨大的損失。不過由於當時媒體的種類不多，因此需要交涉的對象也不多。可是到了今天，不僅輿論媒體的數量大幅增加，而且網路也起到了極大的傳播作用，因此企業如果不能對於顧客們的批評和攻擊做出迅速反應的話，則將會蒙受由評判所帶來的無法用金錢來計算的損失。對於大多數輿論媒體的攻擊，企業沒有任何有效的對應方法。企業只能針對在小範圍內發生的事件，制訂出相應對策。

未來十年，個人將面對的風險

個人也無法安心。在對特定某人的暗算性攻擊中，個人將變得更加脆弱。越是名聲顯赫的個人，越需要密切注意反對勢力的動向，對可能發生的攻擊做出準確的預測，並事先制訂對策。

正如前面所提及的，長時間積累而成的知識壽命越來越短，也將成爲個人的風險。這也意味著普通人也需要承擔起風險管理者的責任。並且，與家人分離，生活在很遠的地方的人，將面對地區風險和外匯風險。

日本的經濟評論家大前研一認爲，將自己的收入分別以歐元、美元、日圓的形勢進行投資，就是對風險進行徹底管理的一種好方法。

在日本工作的時候，每當得到收益的時候，我都會毫不猶豫地將它分爲三等份，三分之一兌換爲歐元、三分之一兌換爲美元，而剩下的三分之一則兌換爲日圓金融商品。那麼，在這三種貨幣當中，即使某種貨幣發生了經濟性事件，由於不存在三種貨幣同時陷入困境的可能性，因此，對於我的養老儲蓄不會產生很大的影響。事實上，我是那種喜歡利用某種特定貨幣的不穩定狀況進行套利的人。我的錢包中經常攜帶著世界性金融結算手段，也就是信用卡。我經常觀察我現在保有的三種貨幣，也就是歐元、美元、日圓的變動情況，並且在購買商品的時候，使用正處於強勢的貨幣進行結算。（大前研一，《看不見的大陸》）

不過，雖然多種多樣的危險正在靠近著我們，但我們也要銘記，變化也是機會的另一種表現方式。在飛速發展的時代中，過去的思考方式與行動，已經在某個瞬間成爲了歷史，而新的機會將不斷湧現。因此，越是變化快的時代，個人看待事物、現象的觀點和視角就越顯重要。因此，隨著這樣的觀點與判斷，可以創造出無數的機會。

產品、服務技術和知識，隨著其生命周期的不斷縮短，也意味著可以創造出更多新生需要。不要屈服於周邊的態勢，應該堅持自己的觀點和視角，用敏銳的洞察力和旺盛的好奇心去仔細觀察您所從事的領域。要時刻問自己，自己從事的職業中正在發生什麼事情？這些事情會對自己的未來產生怎樣的影響？

未來十年，哪個領域最有前途？

在未來，哪個領域會得到大家的關心？那麼，請看一看人們的需求轉變吧！當食衣住行等基本要求得到解決以後，人們自然而然會將欲望轉移到對健康、美、保持年輕的追求上。如果能夠使消費者變得更加健康、更加美麗、更加年輕的話，他們就會毫不猶豫地打開自己的錢包。

最近，在許多有名的醫院裡，都新開了高額的健康診斷服務。雖然它們不可能全部都成功地獲得顧客們的關注，但是為了檢查身體並進行預防治療而甘願支付大筆費用的顧客數量，正在與日俱增。在韓國，現在保險公司銷售的藥物，只是以某些特定疾病為主的保健性保險商品，而顧客需要負擔全額治療費用的民間保險商品，仍然沒有得到銷售許可。但是考慮到現在的醫療支出費用不斷增加和人們對健康的關心程度越來越深，民間健康保險機制的引進只是時間問題。對於經濟方面充裕的人來講，「健康」會像購買名牌產品那樣，具有一種奢侈消費的意味。

AXA集團的創始人克勞德・貝貝亞爾對健康保險領域的革命性變化，進行了如此預言：

與食品、住房、交通等等一樣，保健服務也應該被看作爲一種家庭消費。加入符合家庭水準的健康保險，每當危險來臨的時候支付保險費用，並得到相當的醫療服務。……不但可以得到原有的醫療服務，並且還將得到範圍更加廣泛的服務。例如，提供健康資訊或警告、幫助您選擇最優秀的醫院、無論身在何處都能夠得到專業醫師的診斷、治療服務、手術服務、家庭護理以及使用理療儀器等服務。這些服務全部需要專業的指導與提供高水準專業知識的醫療網路系統相結合，才能夠變得可能。

在這點上，應該將醫院看作一個提供醫療服務的產業。與直接支援輔助金相比，醫院應該能夠確保對自身進行投資的財源，即利用市場經濟原理，開啓通往商業化的大門。開放這期間一直被封閉的民間健康（醫療）保險市場，允許設立營利法人，並幫助醫療服務能夠像私有企業一樣得到認證與普及。明白機會與危機共存的道理，將目光盯在機會上，爲未來做好充分的準備。

如果能夠變得更加漂亮、更加年輕，顧客會心甘情願地支付大筆的費用，這種消費心理也就造就了各種各樣的創業機會。對於美麗與年輕的追求，是人類共同的欲望，爲了滿足這種欲望，願意支付大筆費用的人也會越來越多。

美麗與年輕的主題，不僅只在高價的產品上得以呈現，而且還將擴大到所有的商品或服務當中。作爲「維他命500」系列的主打商品，「喝的維他命」是否能夠成功地開拓一個新的商品類別，仍需拭目以待。但是它已經在正確掌握顧客的需求方面取得了極大的成功。是否能夠抓住機會，就在於能否正確地掌握顧客的需求。

機會的大門不僅只向經營事業的人敞開，對於那些希望獲得更多財富的人們，機會的大門也已經開啓。由於國內的經濟狀況不景氣，並且銀行利息又低，因此在海外尋找資產營運突破口的人與日俱增。過去，他們最大的煩惱是資訊不足，以及沒有值得信賴的營運機構，但是現在，海外投資基金不再只屬於富裕層，而正在向中產層擴散。

另一方面，人類從本性上拒絕把自己看作爲大多數中的一員，總想去尋找一些與眾不同的「東西」。雖然經濟上富裕的人可以消費世界名牌產品，但是沒有這種經濟條件的人，也開始努力尋找使自己不同於他人的方法。正如亞曼尼集團的創始人喬治·亞曼尼在著名雜誌《Economist》上發表的一篇文章的題目一樣，「名牌永恒」。

不要過度留戀過去的得與失，只有那些不斷實驗探索的人們才能夠獲得新的機會。我們能夠選擇的道路就是，勇敢地投入到變化、創造與戰爭當中，並作爲成功者永遠地生存下去。

第二部 爲了生存，我們需要做些怎樣的準備：

爲十年後做好準備

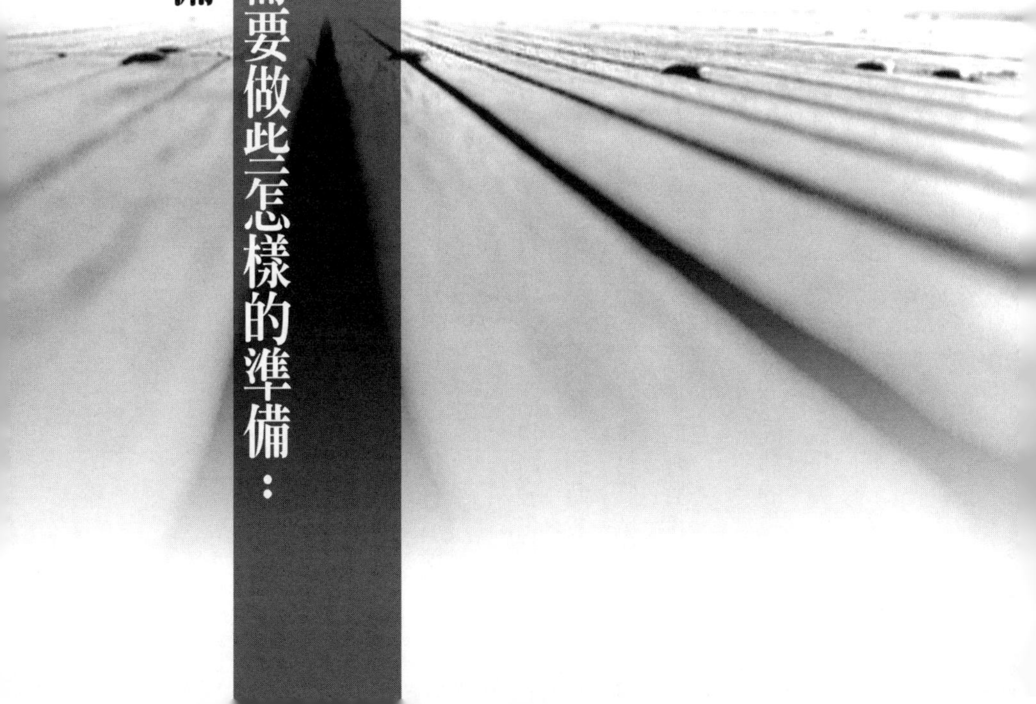

一、緊隨變化的潮流

十年後，隨著各國紛紛開放本國市場，世界將成爲單一市場。世界的中心仍將由更加強大的美國占據。作爲那個時代的新興帝國，美國的語言也將成爲世界通用語言。而具有這種語言能力和冒險精神的人，將飄流在世界各個地方，過著富有的游牧生活。

十年後，隨著資訊通信與生命科學的發展，不僅世界經濟，而且個人的生活也將發生翻天覆地的變化，而隨著變化而來的各種危險，則將直接面對個人、組織或共同體，同時也將產生無數的機會。重組後的市場將完全以消費者爲中心，並且在未來的世界，效率性將成爲絕對的基準。雖然會有許多人對「效率至上主義」的社會持反對意見，但是他們的呼聲卻已經得不到更多的關注。

效率性正如一枚硬幣，硬幣的另一面就是競爭力。它決定著個人、組織或共同體的生死存亡與繁榮。爲了確保自身的競爭力，各個經濟主體將時時刻刻奮力前進。擁有競爭力的人將得到更大的發展空間，而無法擁有競爭力的人則無法避免被淘汰的命運。他們之間的差距將無限擴大，最終達到無法縮小的程度。雖然一些具有「俠義」心腸的人，爲了縮小貧富差距而將使出各種各樣的方法，但是不用多長時間，他們就會明白自己並不具備改變市場規律的力量。

速度也將成爲十年後世界的一個顯著特徵。被速度征服的人將過著貧困的生活，但征服了速度的人卻將過著令人羨慕的生活。

與速度一同對未來發揮重要作用的另一個辭彙就是「躍動性」。未來的人將成爲兩種，一種是能夠在不斷進化的社會中欣然接受變化的人，而另一種則是無法接受這些變化的人，他們的命運也將截然不同。

速度與躍動性將招來無數的機會，即使將十年後的世界稱爲「機會的時代」也毫不過分。與過去完全不同的是，人類的頭腦將成爲產生機會的源泉，能夠自己尋找到產生機會的源泉的人，也將擁有比別人更多的財富。

遙想十年後的世界時，在我的腦海中不斷翻滾的只是效率性、速度、躍動性、機會、頭腦、知識、危險等辭彙。這些辭彙將充滿未來的世界。在這樣的世界中，我們應該準備些什麼？怎樣做才能創造出更好的未來？

雖然各自的環境與位置不盡相同，但我們擁有需要共同追求的部分。對於變化莫測的未來，我們必須做好諸多準備。在下面，我將主要針對五個方面進行詳細的說明。

第一、掌握時代的動向

我們需要重新整理自己的頭腦，從過去的頑固思維中脫離出來，轉而思考未來的時代會發生怎樣的變化，並且這些變化會對自己正從事的職業與生活會產生哪些具體的影響。我們需要懂得運用每天接觸到的資訊，來改變我們對未來世界的看法，並掌握世界發展的趨勢。

我們應該經常問自己：「能夠對於我的職業間接或直接產生影響的因素有哪些？」這種習慣將給我們帶來極大的幫助。爲了應對變化莫測的未來，我們每個人都應該爲自己構築一個「變化感知系統」。

如果連問題點都無法感知到，那麼也就意味著無法找到解決問題的辦法。如果掌握了能夠預測時代動向的方法，我們就能夠描繪出未來世界的模樣，並找到解決問題的辦法。

如果想要知道自己是否正在爲了掌握未來時代的動向而努力，那麼就請問問自己：「將會對我的職業產生決定性影響的環境因素是什麼？」如果無法馬上找到答案，那麼就說明你還需要在掌握時代動向方面付出更多的努力。

第二一、冷靜地面對現實

已經產生的變化，並不會因爲閉上眼睛而消失。在現實面前，我們不要閉上眼睛，而應該拿出勇氣，冷靜且客觀地面對已經發生的事實。對於「在這種現實情況下，我現在應該做些什麼?」迅速做出決定，並付諸於行動。這無論對於個人、組織，還是共同體，都非常重要。

我們首先需要做的是，正確判斷現在自己所處的位置。我們應該能夠正確掌握現實狀況，認清哪些才是自己現在的競爭者或是潛在的競爭者，並正確地認識到未來的變化將帶來哪些危險與機會。試著成爲自己的諮詢顧問，並向自己彙報自己的現狀如何，這個習慣將對你產生很大的幫助。試著站在第三者的立場，假設向某個人進行彙報，以讓自己能夠冷靜地進行紀錄與評價。

大多數的人們會因爲過度的樂觀或優柔寡斷，而不願直面現實。他們只去看自己想要看到的現實，而對於自己不願知道的事物，總是持迴避態度。這些被困難嚇倒的人，只會在別人面前裝出正在爲未來做著某種準備的樣子，從而白白浪費掉寶貴的時間。浪費時間的代價就是陷入最惡劣的境地，而在現實中，的確已經有許多個人、組織與共同體正瀕臨絕境。

與茫然的樂觀態度相比，爲了早日制訂出對應方案而努力，才是最英明的選擇。因爲人類的特徵之一就是，能夠在不斷惡化的狀況當中，尋找到合理的解決方法。

請冷靜地面對現實，拋棄茫然的樂觀論，假設出最惡劣的狀況，並且運用自己全部的力量去尋找解決問題的辦法。我個人認爲，只要能夠做到這些，那麼就不會遭受失敗。這是我憑藉個人的經驗而產生的強烈的信心。

第二、拋棄依賴他人的想法

如果您仍然對他人的幫助抱有幻想的話，那麼您已經在尋找解決方案方面失敗了。在未來，只有自己才值得相信和依賴。

檢查一下自己的心態，問問自己：「我是否在追求幸福生活上付出了我的全部？」如果答案是「沒有」或「不知道」的話，那麼您就需要對自己的未來重新進行思考。因爲您距離「正在努力」這個答案還有相當的差距。

如果沒有「每天都在進行著不懈的努力」的決心，是不可能在工作中獲得成功的。如果您想在十年後的世界中成爲勝利者，那麼我奉勸您讀一下英特爾公司的共同創始人——安德魯．格羅夫的《只有堅持才能生存》。當然，安德魯．格羅夫所表達的精神，也許只適用於正發生著日新月異變化的資訊通信領域中，但這同時也是關於心態的問題。我堅信只有懷有迫切心情的人，才能夠走在通往繁榮的道路上。而這種堅持不懈的精神，更將成爲未來十年後成功的武器。

對於仍抱有依賴他人想法的個人或集團，等待他們的只有貧窮。他們陷入困境和沒落只是時間問題。如果您對某個共同體的未來產生了興趣，那麼就試著去瞭解那個共同體的支配性精神是什麼？個人的情況也是一樣。我們不需要茫然的樂觀，而應該用我們自己的雙腿站在現實的大地上。

拋棄對他人的依賴心理。預想一下未來世界的變化，對於將要發生的問題，找到解決辦法，努力使自己成爲一名卓越的行動家。

第四、積極參與到變化中

變化眞的那麼可怕嗎？在韓國社會，處處都能夠觀察到下意識拒絕變化的行爲。能夠對過去進行系統的整理，並有計畫地開拓未來的人們，仍未成爲這個社會的主流。仔細看看周邊的事物，圍繞著過去的消耗戰正在展開。當然，這也可以看作爲了更美好的未來而進行的整理作業，但是這個方法有著太多的遺憾。我們要把目光從過去轉向未來，擁有未來指向的知識和態度，才能獲得在十年後的世界生存的武器。

我們要努力成爲勇於接受變化的人。不但要勇於接受，而且還要成爲喜歡變化的人。無論您從事什麼職業，都要經常思考「有沒有更好的方法？」這樣的問題。我們要成爲不但能夠改變自己，並且能夠使自己所在的組織和共同體不斷發生變化的人。這時的你，才能稱得上「自我革新家（self-innovator）」。自我革新家將成爲能夠使自我、家庭、組織和共同體發生變化的主力。

生活就是一種變化。不斷發生變化也是自然規律。如果自己成爲能夠改變工作習慣、將新想法付諸實際行動、改善思考方式、完善社會制度的人，這時的未來，將不再是不確定性和陰暗面的代名詞，而將成爲充滿機會的世界。對於喜愛變化的人們，未來不但能夠提供無數的機會，而且能夠使他們率先掌握住這些機會，從而獲得大量財富。

第五、打造與衆不同的自我

生活在資本主義社會的人，能夠在被放置在組織或市場上的自身產品或服務中，找到屬於自己重要的一部分。無論人格上多麼偉大的人，當他喪失了作爲職業人或生活人的能力時，生活的其他部分也將受到巨大的損失。在變化日益加深的時代，我們必然會爲自身的產品和服務所保有的競爭力，感到深深的苦惱。

競爭雖然殘酷，但在生活中卻無法避免。每當接觸到擁有左翼世界觀的人，聽到他們對事物的見解時，都會強烈地感覺到對於競爭，他們所持有的否定性視角和先入爲主式的思想。那麼，我們有沒有避免競爭的辦法呢？

答案是「沒有」。因爲生存本身就是選擇最強者的過程。欣然接受雖然有些困難，但是如果能將競爭過程理解爲生活的話，就需要去思考怎樣才能生存下來。並且，競爭的強度不斷提高，範圍也正在不斷地擴大。

因此，對於我們，處於如此激烈的競爭環境中，十年後的主要任務其實就是怎樣才能創造出與競爭者不同的產品和服務。如果想要過上比現在更好的生活，那麼無論作爲個人，還是作爲組織，都要對這個問題進行更深的研究。再進一步，如果能夠創造出別人根本無法想像的產品或服務，並將其推廣到組織或市場的話，那麼您就可以充分地得到您想要的利益。

我們需要擁有「差別化的熱情（passion for difference）」，但是只擁有熱情是遠遠不夠的。我們需要全身心地投入，並創造出與眾不同的產品或服務。如果有人問我：「爲了十年後，我們現在正在做些什麼？」那麼我可以很明確地回答他說：「將所有的精力都放在與眾不同的創造上。」

二、個人對未來的準備

確保核心競爭力

在十年後的世界裡，支配性價値觀之一就是「推銷自己」。今後十年，能夠獲得世界各地資訊的消費者們，將以最低價競標方式購買商品。即使在人力市場，這種現象也不例外。最初，當我們發覺到自己與其他商品沒有任何分別，都成爲了商品這個事實後，多少會感到一絲迷惑。而在這種狀況下，在向交易夥伴提供產品和服務方面，不具有核心競爭力的人，將陷入巨大的危機當中。

問題在於，就連現在已經擁有了一定程度的核心競爭力的人，也不能高枕無憂。這是因爲在飛速變化的時代，核心競爭力也將很快被淘汰出局。在組織內「有著很好的高陞遠景」的人也不能高枕無憂，「戰戰兢兢」這個詞語可以非常好地描述他們對未來的擔憂。

在越來越激烈的競爭中，作爲組織能夠選擇的一個對策就是，把組織與大多數雇用者（不包括擁有核心競爭力的少數人才）的關係轉變爲臨時性的關係。我們應該擁有「無論別人怎麼說，無論在什麼樣的情況下，我都能夠將自己推銷出去」的自信心。對於下面的六個提問，如果你無法明確回答的話，就意味著你還沒有爲未來十年做好充足的準備。

- 我擁有怎樣的主打（優勢）產品？
- 我的主打產品是否擁有持續的市場需求？
- 如果沒有，我應該創造出怎樣的新主打產品？
- 是否制訂了具體的計畫？
- 是否正在將計畫付諸於行動？
- 付諸行動之後，是否產生了良好的效果？

學習外語，以因應國際市場

未來十年，大批的跨國企業將進入國內市場，並且產生我們無法想像的影響力。這將在十年後的世界裡，形成一股無法阻止的趨勢。外國人的影響不僅在您工作的領域，而且對於全國經濟的整體都將產生極大的影響。在這種時代背景下，如果您至少還想再工作十年以上的話，就必須對未來制訂出詳細的計畫，並找到具體的解決辦法。

我們甚至可以設想在未來的某一天，您所在的公司中的主要股東也許會突然變成了外國人。而在這些外國人當中，絕大多數應該是屬於使用英語或華語的人。

您可以選擇的範圍將決定於您的外語水準。不僅在公司工作的時候，而且在轉行、跳槽，甚至獨立經營的情況下，外語能力將在決定您的價値方面，發揮巨大的作用。不僅擁有專業知識，而且還擁有優秀的外語能力的人才們，已經在「推銷自己」的國際市場上搶占了先機。

特別是由於國內經濟的長期蕭條和高齡化問題帶來的後遺症，很有可能導致國內環境長期不振。在這種情況下，選擇將自己的專業知識銷售到國際市場的人，將不斷呈增長趨勢。並且，能夠在國際市場中抓住商機的人，將是那些在外語學習方面進行了長期投資的人。他們在今後十年，甚至更遠的未來，都將擁有自由選擇的權力，享受著世界化帶給他們的諸多恩惠。到了那時，我們將會同意「外語就是自由」的觀點。

為老年生活做準備

「活的時間太長了」，這種表現方式雖然略顯過分，但是由於平均壽命將得到飛躍式的增長，十年之後，我們即使退休在家，也需要再活很長時間。雖然現在仍然有大多數人沒能意識到這一點，但不久以後，他們就會明白，人將越活越長的這個事實。

隨著高齡化、低出生率，以及低利息等不利因素的爆發，解決老年人的貧困問題，已經到了刻不容緩的地步。隨著利息收入的遽減，老年退休者不得不走出家門，奔波於各個就業市場之間，以求尋找新的就業機會。而看著他們艱難努力的樣子，就彷彿看到了我們退休後的模樣。

光靠誠實是不會給你帶來更多利益的，我們必須爲我們的整個人生制訂出周密的計畫。現在，仍然有許多人抱著「年輕時需要盡情享樂」的人生信條，但是，爲了不讓「貧困」這個辭彙伴隨在我們漫長的老年生活中，我們必須從年輕時開始，提前爲老年生活做好充足的準備。任何人都無法正確預測出自己步入老年時的模樣。

如果現在開始就對人生感到吃力的話，那將很難爲自己的老年生活做出很好的準備。雖然現在的生活略顯艱辛，但退休之後的生活也絕不比現在輕鬆，無論是子女、鄰居，還是國家，都無法眞正給你幫助。「應該怎樣度過退休後的漫長生活？」我們只能依靠自己，才能尋找到這個問題的答案，沒有人會幫助你回答這個問題。

我們應該對於自己的人生後半程做好準備，首先要從健康管理開始制訂計畫，並付諸於實際行動。將您的生命假定爲九十歲，甚至一百歲。問問自己，從現在開始應該對對自己的將來做些怎樣的準備，並開始尋找答案。利用自己堅強的意志，將這些事情立即付諸於行動。

發掘自身的才能

對於平均壽命將呈飛躍增長的將來，我們需要做的另一件事就是尋找到自己的長處，並圍繞著這個長處制訂計畫。每個人都有各自不同的長處，而只有將人生建立在自己獨特的才能上，才有可能獲得幸福與成功。這是因爲，人只有把人生建立在自己獨特的才能上時，才會做到百分之百的投入與獻身。不要因爲人生已經過半而拋棄自己，因爲越來越長的生活還在遠處等著你。

每年臨近大學入學考試的時候，考生和他們的父母們總是會因爲科系的選擇而苦惱。究竟什麼才是熱門專業？由於人類並不具有預知未來的能力，因此在對將來產生疑問的時候，通常都擺脫不了利用自己周邊的媒體和資訊來源，來幫助自己做出最終判斷。但是，在沒有經過自己清醒的主觀分析之下，家長們很容易爲子女們選擇一條以現在或未來幾年內相對熱門的職業爲中心的人生道路，或是受到「金錢至上主義」的社會氣氛的影響，而爲子女們設計一條單純追求金錢利益的人生道路。

但是，這樣輕率地做出選擇而帶來的後果，很可能就是在短短幾年後，希望化爲泡影。也可能當初選擇的「熱門專業」根本就不曾熱門過。因爲當初所選擇的專業，用客觀的資料來衡量，也許曾經是熱門專業，但是在個人的角度來看，它可能根本就算不上熱門專業。對於那些在世界性標準下被評判爲「夕陽產業」的產業來說，只要還沒有在市場上完全消失，那麼對於某些在這個產業上帶有特別興趣與專業知識的人來講，「夕陽企業」也能夠成爲「熱門企業」。

如果你是一個正在爲未來認眞做著各種準備的年輕人，首先，你沒有必要刻意地去迎合所謂的「時代潮流」。圍繞著自己獨特的才能，爲自己設計一條希望之路。你必須擁有發掘自身潛力的能力。不要去管別人怎樣看，以自己的長處爲基礎，選擇自己喜歡的職業，這將在未來給你帶來難以估量的財富。特別是知識勞動者，需要擁有比以往更多的投入與獻身精神。投入與獻身並不是在某種強制壓力下而發生的被動行爲，更不是隨波逐流地追求熱門產業來決定自身前途的被動行爲。

在李棉禹教授的著作——《生存的W理論》中，出現了一番意味深長的話語。李棉禹教授在「熱門產業—熱門專業—熱門職業的假象」一章中，提出了「根本不存在熱門產業」的觀點。他向我們揭示出極其明確，但卻被大多數人所忽略的答案。

什麼才算熱門？第一，現在雖然被認爲是熱門職業，但是沒過多久，在十年内就將走上衰敗的道路。因此，「W理論」告訴人們，拋棄能夠看到的東西，而去追求無法看到的東西。

第二，現在暫時成爲羨慕對象的產業，並不一定就是熱門產業。現在的熱門產業，也就是過去曾經共同擔負極高的風險，並在陌生的領域中開拓出一片新天地的主力產業。即，在其領域中至少進行了二、三十年奮鬥之後，才被大家承認爲熱門的產業。將會發生改變的正是今天的熱門產業，而不會發生變化的則是「熱門產業總是出自艱僻領域」的這一規律。

第三，那麼到底哪個領域才是眞正的熱門領域？讓我告訴你正確答案，最有希望的領域就是您所希望去做的領域。與以十年爲一個單位發生飛速變化的領域相比，能夠一輩子吸引您的興趣的領域，難道不算是「熱門領域」嗎？

接受危險，挑戰危險

十年後，世界將比現在更加具有活力，隨之而來的危險也將越來越多。因此，如果希望得到發展與成長，那麼在某種程度上就得承受危險的發生。當然，這並不是要求您「奮不顧身」地跳入危險當中的意思。但是在現在的社會當中，從年輕人開始，大部分的社會成員都具有過分安定的傾向。隨著經濟的持續不振，人們自然而然地會產生希冀安定的心理，但是這種程度未免過了頭。並且，現在開始就選擇安定的生活方式，那麼在將來必將會為此付出沉重的代價。

我曾經反覆強調過多次，十年後的世界將是一個充滿活力、以市場為中心的時代，也是一個將世界作為大舞台的時代。因此，考慮到現在每天都在擴大的貧富差距，選擇了安定的生活方式的人們，將在未來的歲月中支付出難以想像的大筆費用。

不必以現在為基準，過分地縮小自己的生活範圍。身為公司的一員，就有義務以自己從事的領域為中心，努力使公司朝著更美好的方向發展，不斷地尋求機會，果敢地向未來發起挑戰。不要追尋著別人已經鋪設好的道路，試圖去過安穩的生活。在每天的工作當中，能夠使您的生活變得更加美好的人生信條就是「謀求新機會，並勇於挑戰」。以「一切以市場為中心」的覺悟，徹頭徹尾地武裝自己，並朝著更加美好的未來不斷努力。這樣你就會發現，你完全能夠尋找到可以開拓新世界的機會。

年輕人也都一樣。脫離那些別人曾經選擇過的，或是已經形成模式的道路。雖然這個選擇不會馬上給你很大的幫助，但是，經歷危險本身就具有很大的價值。有時安定性的選擇也可能成為危險的選擇。

從最底層開始打造堅實的基礎

無論從事什麼工作，我們都應該擁有「努力奮鬥」的信念。不要因爲沒能進入自己喜歡的公司工作，就抱有氣餒或放棄的情緒。人生本來就是從那些毫不起眼的小事物開始的。即使從別人眼中看來並不稱頭，即使自己從未對這個工作動心，但還是請你努力地做好它。美國的眾議院議員理查・格法特曾經指出，年輕人最常犯的錯誤之一就是「不願從最底層作起」的偏見和羞愧感。他還勸告年輕人：「從最底層的工作出發，不要太過著急，耐心地學習。無論處於什麼位置，都要對自己的工作盡心盡力，同時還要睁大雙眼，捕捉稍縱即逝的機會。」

這不僅僅只是告誡年輕人的話語。對於已經步入中年的人們來講，也有可能在未來的某一天，突然遭到非本人意願的離職危機。而這些已經在某個部門占據了一定高層職位的人們，突然之間一切都需要重新開始，這的確是一件非常痛苦的事情。但是，無論是年輕人，還是中年人，將來的人生中一定會經歷幾次這種戲劇般的轉折。關鍵是身處這種情況下，本人是否能夠保有重新開始的心態和態度。

人生充滿了未知的事物，在變化莫測的十年後的未來更是這樣。我們能夠做的只是努力完成某件事情之後，虔誠祈求上帝的保佑。性格急躁的人們，如果生活未能按照自己的設想展開的話，他們就會焦慮憂愁、坐臥不安，輾轉難眠。但是請記住，從最初開始一點一滴積累下來的經驗，絕非無用之物。無論什麼樣的經驗，都能夠對生活發揮一定程度的幫助作用。雖然當人們懂得這個道理的時候，可能已經人到中年了，但是必須懂得，每個瞬間的努力，最後將會構築起美好的未來這個道理。即使生活並沒能按著自己的意圖展開，也沒有必要氣餒和沮喪，更沒有必要產生不滿之情。人生初期的成功其實並非好事，它只會使你將人生的期待値提得更高。因此從這個角度來看，也許我們反而應該歡迎「初期苦痛」的人生。

在十年之後的世界裡，我們應該時常保持「不忘初衷」的心態生活，當遭遇危機的時候，是否能夠重新回到「不忘初衷」的心態，將對您的生活起著決定性作用。

培養正確的生活哲學

我認爲，在未來的世界中，「健康的思想」將成爲最主要的「生存武器」之一。在這個充滿了危險和機會的世界中，我們在進行自由選擇的時候，總是會對無法預知的結果而感到心驚肉跳。因此，如果沒有堅定的哲學作爲支撐人生的基礎，人們總會深陷在「被害意識」當中，或是習慣對他人的行爲持有批判態度，又或是將世界所有的事物都看作成是幾種勢力之間的爭鬥，從而產生不願對自己的選擇負起責任的心態。

如果想要在自己的事業中獲得「成功」或「繁榮」，首先就得擁有堅實的思想基礎。如果非要爲這種思想命名，我想「生存哲學」或「生活哲學」應該比較恰當。非常不幸的是，在韓國社會，生活哲學的土壤仍處於極其貧瘠的狀態。在高中學業結束爲止，學生們在學習過程當中，幾乎沒有獲得過能夠用自己的眼光分析某種事物或現象，並透過討論將自己的看法進行整理的機會。即使進了大學，學生們仍然沒有多少機會，能夠形成正確的價值觀。這就是韓國社會的眞實現狀。

當自己的思想仍未成熟的狀態下，如果一下子接觸了大量錯誤的資訊，那麼很可能會導致感性思維壓倒理性思維，從而在頭腦中形成頑固的錯誤價值觀。這爲什麼會成爲問題？因爲這種錯誤的價值觀很有可能會將年輕人引入與「成功」、「繁榮」、「富有」等相反的方向。「與在內部尋找原因相比，更喜歡在外部尋找產生問題的原因」、「將自己的艱難處境歸咎於他人的責任」，當人們形成了這樣的價值觀的時候，對於他們將來生活的情況，我們不去猜想也罷。

可是不幸的是，在現在的韓國社會環境下，很可能會導致更多的年輕人帶著錯誤的價值觀，不斷走進社會的舞台。我堅信年輕人如果能夠拓寬對「選擇的自由、資產權的保護、法律的支配、小政府」等爲主題的自由主義思想的理解，就能夠引導個人或共同體走向成功、繁榮的道路。這不僅只是年輕人需要解決的課題，對於年輕時從未接受過自由主義思想洗禮的社會成員們，也是非常必要的行爲。

一位曾經讀過《十年後的韓國》的讀者，在筆者的論壇上留下了這樣一段話：

我是一位認眞拜讀過孔柄淏先生著作的讀者。但是對於《十年後的韓國》一書中透露出的政治性偏向以及對於韓國的偏見，我認爲您有些言過其實了。這本書的思想傾向，很可能會在韓國的代表性保守言論中產生一輪爭辯。

在閱讀這本書的時候，我的心中一直產生著排斥感。這本書就像一篇告知世人「左翼是通往貧窮的道路，選擇左翼的社會從未有過成功範例」般的保守性報刊的文章一樣，利用保守與進步的對立，對這個世界進行著不正確解釋。請您能夠按照左翼、右翼的準繩，正確地對韓國的未來進行描述。

在論壇上，時常會看到這樣的評論。而它們的作者大多數都是年輕人。據我猜測，這段話的作者應該也是一位年輕人。我給這位朋友的回信，也正是我想對所有年輕人說的話：

每個人對這個世界的觀點都不同。但是，我們應該互相尊重對方的觀點，並對自己的選擇所產生的後果負起責任。大家也可以把我的觀點看作自由主義（美國意義中的保守主義，歐洲意義中的古典自由主義）的觀點。

雖然不知道保守的言論會導致怎樣的思想爭論，但是我所持有的觀點並非出於對時代潮流的迎合，而是從三十歲開始到現在，在近十五年的生活中形成的。我並非那種沒有原則和觀點的人，而是一直按照時代的風向球所指示的方向，腳踏實地生活過來的人。

我的思想也透過了《韓國經濟的權力移動》、《事業家》、《市場經濟與它的敵人們》、《市場經濟是什麼？》、《市場經濟與民主主義》等書籍得到了整理，並透過這期間的個人經驗與現場體驗得到了驗證，同時被大多數人所接受。

當然，也有一部分不贊同我觀點的人。但我的意圖只是想告訴大家，世界上還有這樣的見解，認同它的人可以進行參照，並利用它開拓自己的未來。

對於「選擇左翼的世界或產業，從未有過成功的範例」這個觀點有異議的朋友，請舉出哪怕只是一個例子。歷史已經完成了所有的驗證，只要看看今天的韓國，大家就會明白。以平等爲信條的強勢的政府介入行爲，和由政府提供大量輔助金的產業，都沒能發揮出其應有的作用。但是不幸的是，在韓國這個共同體中，無法從過去學習到任何東西。政府介入的不斷擴大、稅金的不斷增加、以平等思想爲基礎的立法支配正在韓國國內到處盛行。

將眼光放遠一些，就會知道問題是什麼，應該怎樣去解決。大家都不肯在學習上多下工夫，對於自己的信念不帶有一絲懷疑，只是一味地按照自己的想法做事。

這是關係到我們所有人的生活質量的問題。如果無法從過去以及眞理中尋找到智慧，那麼韓國將會陷入長期的經濟低成長、高失業率，以及成長活力的喪失等苦痛之中。當然，並非沒有解決的辦法，只要從現在開始，能夠敞開思想，找到智慧。

我認爲在韓國社會中，與您擁有相同想法的人並不在少數。如果您讀過我大部分的書，那麼你就等於閱讀了與「成功學」相關的書籍。而成功學的大多數基礎思想，都是出自於自由主義思想。這是對於人類的知識能力與創造力的充分信任，也是對於個人自由的最大支援。

我們將按著自己的想法，去構築自己的未來。我之所以從很早以前就開始接觸、重視人類的思想，並一直編寫著與其相關的書籍，是因爲我堅信，思想決定著個人的成功和貧乏、共同體的繁榮與衰敗。

希望您能夠用正確的思想，爲自己開拓出美好的人生。

如果您還是個年輕人，那麼就請記住我的忠告。

在選擇中必然會產生責任，沒有健康的思想基礎，就沒有創造美好未來的可能性。

祝您事業有成。

三、企業對未來的準備

共同擁有危機意識

在這本書的第一章中，具體向大家介紹了未來將在世界上發生的二十餘種變化。並且告訴大家那些正處於環境變化最前端的企業，只有持續地適應世界的變化，才能夠得到繼續生存的保障。那麼，企業該怎樣做才能夠持續地適應世界的變化呢？這就需要企業的成員們，能夠對現在正在發生的變化和將來可能要發生的情況做出正確的判斷，並達到資訊共享。如果能夠再進一步，共同對於變化將會帶來的機會和危險做好充分準備的話，那麼就能夠做到有效利用這些機會，從而更好地克服危機。

經營者需要向企業成員們積極提供正確的相關資訊，努力使企業成員們理解變化的實際情況，並以此為基礎，使他們產生「不改變就意味著被淘汰」的覺悟，在企業內部自然而然地造成緊張的氣氛。

提高危機意識有各種方法。使用有道理、數據的資料分析，去說服企業成員們，固然是一種好方法。但是如果再添加上能夠直接產生感官效應的視覺資料的話，則可以獲得意想不到的巨大效果。《變化的技術》一書的執筆者約翰・科特和丹・科恩，針對能夠共用企業危機感的方法，進行了以下的講解：

第一，經由可以觀察、撫摸、感覺到的眞實題材，向人們說明變化的必要性。

第二，在組織外部找到能夠證明的確需要變化的眞實證據，並向人們展現。

第三，時刻尋找能夠減少現實滿足感的既經濟又簡單的方法。

第四，無論多麼優秀的企業，在其內部或多或少都存在著對於現實狀況的滿足感、恐懼以及擔心，對於這一點不要抱輕視或嘲笑的態度。

與危機意識明顯不足的同事在一起，絕對無法共同完成一個充滿野心、爲未來做準備的研究專案。因此，當企業內部還處於友好、和諧氣氛的時候，企業應該積極開展「創造性的緊張管理」活動，使全體員工共同沉浸在一個緊張的氣氛當中。

當心中產生危機感的時候，我們更應該奮發圖強。在今天的世界，危機無處不在。而對於那些將來可能會暴露在激烈競爭當中的企業來講，最重要的就是使全體員工擁有正確的現實意識，並使他們能夠勾勒出未來的大致模樣。

創造持續成長的動力

無論在什麼時候，偉大的機會總是伴隨著急遽的變化一起產生的。顧客喜好的不斷變化、變化速度的與日俱增、財富泉源的轉變等，使得嶄新的未來無時無刻不被創造著。在這個過程中，也產生了無窮無盡的機會。就是說，國際競爭的活性化與市場領域的擴大，可以使我們利用自身的產品和服務，創造出過去無法與之相比的巨大機會。

如果說有能夠突破競爭對手四十多年苦心經營的堅固城堡，並只利用一種產品使市場形勢發生改變的企業，那麼還有能夠侵入曾經一度被國內先進企業所占據的MP3播放器市場，直至完全吞併這個市場的跨國公司。今後的十年，這個市場甚至會不斷發生戲劇性的新狀況。對於習慣於停滯在過去的企業來說，變化意味著混亂、挫折，甚至會產生失敗感，但是對於在變化中勇於清除未來障礙的企業來說，則是意味著機會的到來。

今後的十年，誰能成為創造成長動力的主角呢？如果企業每個成員都決心成為「尋找成長動力的狂人」的話，那麼神話將會不斷被創造出來。這些人的成敗並非只是過去的經歷與紀錄，而是憑藉一種「必將創造出美好未來」的「戰鬥精神」所實現的。

您的組織裡面也需要擴散創造神話的堅強精神力量。並且在每個細微的領域裡，要積極地發掘創造神話的主角。把他們塑造成爲成功典範，使他們成爲變化的先導力量。

積極地管理風險

變化必然會產生風險。飛速的變化也意味著風險的種類不斷增多，以及風險的上升。在今天，大多數的組織所面對的風險也日益加劇，並且呈多樣化趨勢。但是，我們卻看不到能夠減少風險爆發的可能性，未來組織將要面對的風險，也將比任何時刻都更具破壞性。

那麼，組織應該怎樣對風險進行管理呢？這也是當今所有企業最感頭痛的問題之一。當然，經營者無法對所有的風險都加以管理，但是擴大風險管理的範圍，對於組織的生存和繁榮則至關重要。

站在經營者的立場上，在諸多管理風險的方法當中，值得選擇的方法之一就是制訂可以預測的提綱。而定期對這個提綱進行修正、補充，也是管理危險的最簡單的方法。在制訂好幾種提綱之後，每隔一段時期就對其進行檢查，對其不足的地方進行補充，這個方法也可以改變人們對於危險的態度，也可以看作是一種對風險做準備的「精神訓練」。

當有了管理危險的習慣，「準備經營」這個辭彙就會自然而然地擴散至組織的每個角落。準備經營就是對於可能發生的危險進行事先預測，提前找到解決方法，並使其成爲組織文化的一部分。當我們明確地知道將會發生什麼情況的時候，我們就可以做好詳細的準備。當準備經營在組織文化中站穩腳跟之時，組織可以獲得的成果之一就是，能夠捕捉到意外的機會。

領導者的表率作用

如果您是一個正在率領組織前往難以預測的未來的領導者，首先應該得到組織成員發自心底深處的尊敬和信賴。即使您是在專業知識方面絲毫不遜色的領導者，也有到最後卻沒能創造出預想的成果而導致失敗的種種例子。而其中大部分情況都是因爲組織的人性方面不足所造成的。

所謂組織，就是由多個個體構成的團體。因此，只憑藉優秀的專業知識，就想推動組織的運作是遠遠不夠的。只有得到了組織成員的尊敬與承認，才能眞正在這個組織中行使領導的權力。特別是未來，並非是用肉眼能夠看到或用手能夠觸摸到的東西，因此更需要「收買」組織成員的人心。如果不能使他人對你產生信賴感，那麼則很難有人願意與你一起共同前往難以預測的未來。

在這種情況下，作爲領導者所必須具備的素質之一，就是無論我們怎樣號召都不爲過的「以身作則」表率精神。對於發生的每件事情，都能夠用自身的行動發揮表率作用的領導，才是眞正內心堅強的人。因爲他們比任何人都懂得，與動聽的話語或華麗的約會相比，透過行動獲得的成果，才是能夠使人行動起來的最佳武器這個道理。

在這裡，有一個企業。有一個重要的專案需要他們完成，但是要用什麼方法才能夠讓全體員工都爲了這個專案傾注全部的精力？答案就是，領導者率先投身於這個專案的研究當中。所有的組織成員都將目光放在領導者的身上，在這個專案上，領導者付出了多少精力，投入了多少心血，他們都看得一清二楚。並且，如果領導者沒有爲這個專案投入百分百的努力、那麼他們也絕不會將自己的全部精力放在這個專案上面。拉理・博西迪與拉姆・查蘭在《面對現實》一書中，向渴望成功的領導者們傳遞了這樣的資訊：

> 經由領導者的言行，我們可以輕易地判斷出他對企業是否有著超乎常人的獻身精神。比如說，我們都熟知的一位經營者，竟然在企業內部一次非常重要的發表會上睡著了。他的行動向全體與會者傳遞了明確的資訊：這種無聊的事情一定要繼續下去嗎？無疑，他這種不負責任的行爲，必然會在全體員工中產生極其惡劣的影響。另外，還有一位經營

者在企業內部進行商務演講，雖然演講的內容非常出色，但是他在演講時卻沒有融入任何情感，在他的身上，完全找不了一絲一毫的個人獻身精神。領導者的這種行爲，使之產生了一個又一個無法挽回的結果。

大規模的專案雖然會消耗掉大量的精神力量，但是作爲領導者，絕不允許有絲毫的疲憊感。在所有演說和對話當中，能夠由始至終都保持旺盛熱情的人才是眞正的領導者。有些時候，反覆甚至於誇張手法都是必要的工具，偶爾一次的「震怒」也有可能收到意想不到的效果。專案並非只是單純的實驗，它對於提高組織的競爭力將發揮非常重要的作用。

傑克・韋爾奇（前通用電氣公司總裁）承認，直到Six Sigma眞正進入到人們的心中爲止，他一直都誇張了它的重要性。因爲只有這麼做，才能使Six Sigma滲入到那些從未對它產生過一絲關注的人們心中。我也會仿效他的做法，一直不停地講述有關Six Sigma的話題，直到聽眾的頭腦變得僵硬爲止。

綜上所述，只有自身對事業保持高度的獻身精神，甚至達到感動他人的程度，才能夠引導他們積極地活動起來。

在未來的十年裡，想要獲得成功的人首先要學會殷切地企盼。因爲在這時，人才能夠做到完全投入。這不僅對於企業的領導者們是非常重要的修養，而且也是所有就業人士都需要擁有的修養之一。

停滯不前就意味著浪費時間。在企業中磨練的時間，也是爲了未來而投資的準備時期。在組織中，無論去做什麼事情，都要擁有要做到「完美的境界」的信念。無論在哪裡工作，從事什麼工作，我們都不是在爲別人，而是在爲自己而努力。而對於企業，只有擁有大量帶有這種想法的人才，才能夠在未來社會中發揮先導作用。

成為革新能手

在十年以後，由於變化差距的不斷擴大，「勝利者占據一切利益」的現象將越發明顯，而未來的勝利將屬於積極開展革新活動的企業。但是，即便那些在革新活動中獲得了一定成功的企業，也與其他企業一樣，都有著需要解決的問題。他們與其他企業不同的地方只在於，在解決問題上，他們所持的是一種更加積極的態度。

誰才能積極地解決這些疑難問題呢？答案就是每個組織成員。組織成員們如果都能夠將自己擺在「問題解決者」的位置上的話，那麼這個組織就進一步增加了占據頂峰的可能性。

經過多年的苦心經營，豐田汽車公司已經站立在世界最優秀企業的行列中。對於豐田汽車公司的員工們，日本的一位研究人員這樣說道：

「豐田人都是沉迷於解決問題的『中毒者』。」

「解決問題的中毒者」指的是，這些人不把革新當作特殊性的活動，而將它作爲日常生活的一部分。經營者必須幫助企業的員工們，使他們將自己當作「解決問題的革新能手」，並積極地參與到革新活動當中。如果能夠做到這一點，那麼就可以稱爲是優秀的經營者。

正確地爲未來做準備的經營者，應該把全體員工當作各個崗位的領導或幹部。並且以這種精神爲核心，將普通員工塑造成爲優秀的革新能手。豐田汽車公司的社長張富士夫，對豐田人與豐田文化，下了的這樣的定義：

我們透過行動與實踐，才能獲得最大的價值。世界上有太多的事情，我們仍然無法理解。因此，我們才會提出進行直接實踐的建議。我們清楚地知道自己的知識界限，在挑戰實踐中品嘗失敗的滋味，而調整之後，我們重新挑戰，並再次發現自己的其他弱點，透過調整，才能進行再次的挑戰。持續的改善，即透過以實踐爲基礎的改善活動，使自己的知識與實力上升到一個新的高度。

擁有多年現場工作經驗的高階幹部們，大多數都是名副其實的革新能手，甚至可以稱爲

「改革家」。而他們所管理的部門中，時時刻刻都保持著革新的氣氛。並且，這種部門已經超越了單純追求利益的階段，而轉變爲充滿了學習氣氛的示範場所。

若想培養出這種「革新能手」，經營者就必須將自己的目標，和爲了達到這個目標所要使用的方法，反覆、明確、簡單、持續地傳達給組織的成員們。

吸引並留住人才

當然，在現在這個時代，好的主意或想法能夠爲你帶來鉅額的財富。而在未來的十年或十年之後，頭腦的作用將益發顯得重要，甚至將成爲附加價值的泉源。擁有特殊才能的人才，將成爲一種稀罕的「資源」。而企業爲了尋找優秀的人才，並將其留住，可謂用盡了招數，傷透了腦筋。在將來，一名眞正有才能的人甚至可以創造出數千甚至數萬人才能創造出來的財富。隨著無形資產在企業價値中所占的比重越來越大，企業將充分認識到人才管理的重要性，並爲了吸引人才而傾注全部力量。

在自身領域中處於領先地位的企業，由於在吸引人才方面要比其他競爭對手更加有利，因此很有可能在這場圍繞人才展開的競爭中成爲最終的勝利者。優秀的人才可以使企業內部產生良性循環，因此企業會向自己提問：

「爲了吸引人才，我們應該做些怎樣的準備？當獲得了優秀人才以後，爲了使他們能夠盡情發揮自己的力量，我們應該制訂怎樣的制度和組織文化呢？」

對於這樣的疑問，企業必須尋找到正確的答案，並對於不足的部分制訂補充方案。否則企業辛辛苦苦找回的人才，將會被國內外的競爭對手迅速「搶走」。特別是在一部分先進領域中，我們可以看到外國競爭企業正在固執地「誘惑」著韓國的工程師們。這也將成爲韓國企業需要直接面對的重大課題之一。並且，在企業與外部的競爭對手發生「戰爭」之前，應該先解決企業內部的敵人，即，對成果主義的反感情緒。

問題並未在此結束。在經濟狀況恢復正常以後，優秀人才們將脫離企業，走上獨立的道路。而企業爲了挽留人才，將投入更多的精力與物力。並且這種現象將呈周期性反覆發生。

充分發揮組織成員的知識力量

每個企業都希望擁有能夠正確地定義問題、找到解決方法，並將其付諸實際行動的人才。而擁有大量這種人才的企業，無論在十年後，還是在二十年後，都將成功地生存下去。

作爲經營革新的重要環節之一，企業應該提供積極的支援，使企業的成員們不斷努力，爭取達到自我革新的水平。習慣於對自己的生活實施革新的人才，也就是在「自我經營」上成功的人，不但能夠引導企業的經營革新活動，而且還能夠用卓越的領導才能，使企業得到更大的發展。

企業可以試著使用閱讀獎勵、研討會、成功範例發表會等多種方法，以發掘企業成員們各自的知識力量。並且，對於正在爲十年後做著精心準備的企業來講，這些方法有著必行的價值。

四、家庭對未來的準備

共用資訊

雖然家長們正處於變化的漩渦當中，但是其他的家庭成員很可能仍對世界的變化毫無感覺。而艱難地生活在飛速變化的環境中的人，與沒有這種經驗的人之間，他們在現實認識上必將產生巨大的差距。這種差距也可以看作是一種「資訊落差」，而積極地縮小與配偶或子女之間的這種「資訊落差」，則顯得更加重要。

在今天，許多家長都會感到孤獨。在我們的周圍就有許多因爲沒能在事業與家庭之間找到平衡點，而疲憊地生活著的家長。爲了在自己從事的職業中獲得成功，因之付出辛勤努力的家長們，經常陷入類似「怎樣做才能與配偶進行更加順暢的對話？」的困惑。無論夫婦二人是否都擁有自己的工作，很多夫婦在心理和情緒上都無法得到對方的支援與幫助。

如果去參加一些相關的討論會，就會知道在上班族中，由於夫婦之間存在著嚴重的「資訊落差」，導致相互交流困難的人並不在少數。爲了在競爭中生存下去，丈夫已經使盡了全力，而無法理解這個情況的妻子，卻向丈夫提出「事業是事業，家庭是家庭」的無理要求。平時爲了工作而忙碌，而周末又要爲了家庭忙碌。對於這種近乎殘忍的要求，丈夫難免會感到煩躁和苦悶。

而對於同爲上班族夫婦的情況，在「家庭生活」這個共同目標下，夫妻如果不對家務進行分工，那麼必將使雙方都無法在各自的活動舞台上發揮出自己的全部力量。

如果您的家庭仍然按照傳統的生活方式，丈夫出外賺錢，而妻子在家裡做全職主婦的話，那麼這種「資訊落差」則很有可能越來越大。因此，主婦們也應該參與到爲未來做準備的活動中來。對正在變化的世界產生好奇心，鼓勵並支援正在爲家庭而努力奮鬥的丈夫，向孩子們提供資訊，並爲了自己的未來努力地做好準備。

只有在對現實的認識幅度不斷加深、加寬的情況，才能夠形成互相幫助的夫妻關係。這時，在夫妻之間才能產生眞正的愛情，而這正是爲家庭的未來做準備的第一階段。

那麼，作爲家庭的「CEO」，家長們首先應該正確理解世界的變化趨勢。將獲得的資訊變爲己物的一個方法就是，經常向家庭成員講述一些關於世界變化的話題。在獲得資訊之後，以講解的方式，將這些資訊與家庭成員共用。

使子女擁有健康的價值觀

健康的思想與正確的價值觀，是我們的孩子們生活在這變化莫測的世界上最堅實的精神支柱。孩子們的價值觀，通常是在初、高中時代形成的，由於父母並沒有擁有任意選擇學校的權力，因此，對於孩子們在形成價值觀的過程中，究竟接受了怎樣的相關教導，父母們幾乎一無所知。孩子們在接受教育，難免會對具有政治傾向性的意見或歷史解釋產生懷疑，但是由於他們還不具備說服能力，因此導致父母將子女教育完全託付給了正規教育。

生活就是進行選擇的過程，是逐漸明白不負責任的選擇會導致嚴重的後果的過程，也是憑藉自力更生的精神開拓生活，從而瞭解到生活眞正價值的過程。讓孩子瞭解到生活眞正的意義，也是家庭責無旁貸的義務。不要只將注意力放在孩子們的學習成績上，試著聽聽他們的想法，幫助他們擁有正確的思想與價值觀，這也是在對未來做準備時的另一種家庭經營方式。

幫助子女準備未來

在身分不能再維持世襲的時代，孩子們應該獨自爲飛速變化的世界做好準備。並且，父母也需要傾注他們最大的努力，以使孩子們能夠徹底地爲未來做準備。

爲了使孩子們能夠自己思考未來，並利用自己的力量去開拓未來，不但需要父親的勉勵，母親的判斷和意見也非常重要。因此，在孩子們爲未來做準備時，需要所有家庭成員的共同努力。

我們應該幫助孩子去準備些什麼呢？雖然有各種各樣的選擇，但最重要的還是外語能力。因爲，我們的孩子將生活在一個和現在無法比較的國際化的時代，而是否能夠擁有熟練的外語造句能力，則將成爲生活的基本條件之一。但是，由於韓國社會仍然存在著各種不良因素，使得孩子們錯過接受外語教育的黃金時期，造成時間上的浪費。

因此，爲了培養孩子們的外語學習能力，家長們應該爲孩子們另外準備一些學習方案。我認爲，當孩子們還不需要按照排得滿滿的課程而忙碌的時候，家長們需要在外語學習方面，爲孩子們進行大規模的先行投資。當孩子們站在入學考試的起跑點的時候，所有的精力與資源都將被投入在考試的準備當中。因此，在此之前，努力學習並打下堅實的外語基礎，才能爲一生的外語學習減輕負擔。每次看到考生們爲了準備托福考試而傾注全部精力樣子，我都會爲韓國仍然沒有一個高效的外語教育體制而感到遺憾。但是，在適應社會飛速的變化方面，原本就需要一定的時間，而在這期間，孩子們已經轉眼間長大成人。

合格的父母應該具備的各種條件當中，最重要的就是給孩子們提供最好的教育機會。雖然對每個人來講，對「合格的父母」的定義有所不同，但從我個人來講，由於我從小沒能從父母那裡得到很好的學習機會，所以在我眼中，能夠在子女教育方面作出獻身的父母才是合格的父母。因此我認爲，只有積極幫助孩子，使其能夠在殘酷的現實生活中獨自生存下去，才是作爲父母最重要的使命。

創造多種收入來源

爲了不使家庭陷入經濟困境，尋找其他的收入來源則顯得十分重要。當然，這並不是一件容易的事情。世界上雖然存在許多神奇的事物，但是沒有什麼比每個人都能夠維持自己的生活更加令人感到不可思議的事情了。這同時也意味著世界上存在著多種多樣的收入來源。雖然在這裡，我不可能對於怎樣創造多種收入來源進行詳細的講解，但是可以確認的是，爲了使家庭在未來避免遭受經濟上的危機，爲了保障家庭的正常生活，創造多種收入來源的重要性，即使筆者不再贅言，相信大家也都非常清楚。

即使身爲家庭主婦，從孩子能夠獨自進行活動的時候開始，也應該爲了紓解家庭的經濟困境而進行努力。依靠不確定的收入來源維持生活的家庭，在未來將越來越危險。也許會產生「現在我還能夠做些什麼？」的苦惱。但是，如果能夠認清自己的優點和長處，尋找資訊，並瞭解世界變化趨勢的話，您肯定會找到進入嶄新的職業領域的途徑。

「女主人」這個辭彙經常被大家當作主婦的同義詞使用。「內助」或「外助」的表現形式也規定了傳統的夫妻關係。但是，隨著時代的變化，夫妻各自的作用也必將發生轉變。首先，我們有必要對於「主婦」的作用重新進行定義。主婦的作用並不是單純的「在內幫助」的作用，而應該作爲家庭經營的主要執行者，努力使家庭達到未來的目標。到現在爲止，家庭主婦們不自覺地被強制接受了消極性的意識，但是從現在開始，主婦們應該脫離這種被動消極的角色，去發揮積極進取的作用。丈夫也應該將自己對於世界變化所持有的認識與資訊，積極地與妻子共用，以縮小夫妻之間的「資訊落差」。

如果夫妻二人都擁有各自的工作，那麼在創造其他收入來源上面就擁有了更加優越的條件。但是在正式投入到其他收入來源之前，夫妻二人首先需要對於子女養育、家事問題等達成共識，並共同構築一個能夠使家庭保持安定的「支援系統」。

另一方面，除了勞動收入以外，還需要爲了獲得正當的投資所得而努力。當然，在投資的過程中，一定要注意不要被那些欺詐高手所誆騙。雖然一些無關緊要的投資失誤是在所難免的，但是只要能夠透過學習，打下堅實的基礎，並對自己的野心進行適當的管理，相信大家一定能夠避免在投資詐欺上蒙受不必要的損失。

為了健康的家庭投資

變化的速度越來越快，從而家庭受到的壓力也日益增加。在經濟危機過後，留下的只是一些破碎的家庭。與過去不同，現在人們不再認爲家庭解體是一件多麼嚴重的問題。「如果兩個人的心不在一起，當然可以分手」這種論理雖然在原則上正確，但是如果兩個人已經有了孩子，那麼離婚就不單純只是兩個人的事情，而是擴散成爲家庭的問題。

健康的家庭就是無論將來發生什麼事情，都能夠成爲保護家庭成員的堅實後盾。因此，家庭也需要家庭成員投入大量的時間和金錢進行設計與布置。夫妻之間應該做到互相理解，並爲了建造一個健康的家庭而共同思考、努力。企業需要發展方向，家庭也一樣。如果夫妻雙方能夠擁有相同的目標和價值觀，經由對話加深相互瞭解，並在這個過程中積累下深厚愛情的話，我相信無論他們遭遇到任何困難，都能夠共同克服。請花費更多的時間在與家庭成員的交流上，並且將對方看作爲最尊貴的顧客。

另外，家庭還要成爲學習的場所。在十年以後，無論世界變化成什麼模樣，總有一些東西不會改變。那就是學習。無論科學技術發達到什麼程度，人類仍然需要不斷地學習、再學習。學習也是家庭成員爲未來做準備的有效方法之一。習慣獨自學習，如果能夠到達「從學習中得到快樂」境界的話，那麼無論身處於怎樣的變化環境，都能夠創造出自己成功的生活。保證充足的閱讀、思考以及交流的時間，並使孩子們能夠在這種家庭環境中正確地成長。只有在這種家庭氣氛中生活的孩子，才能夠獨自找到正確的生活方法。

五、共同體對未來的準備

樹立發展方向

國際化促使共同體之間的競爭不斷深化。隨著資訊通信技術的飛速發展，世界被連接爲一個整體，而不斷增強的移動性，也使人們逐漸拋棄了長期扎根在一個地方生活的方式。除了中東與非洲等一部分地區，大多數的共同體都在爲了將自己建設得更具魅力而不斷地努力著。爲了將韓國建設成爲能夠吸引外國人來消費、投資、旅遊、接受教育、永遠居住的場所，我們應該做些什麼?

爲了使我們的國家更具吸引力，我們必須將它變爲充滿希望的地方。首先，我們需要明確地討論出韓國的發展方向，而那些引導國家發展的人，則不應該只用話語，應當用實際行動使國家得到切實的發展。我們應該努力使韓國成爲「能夠促使個人最大限度發揮出知識能力的共同體」，而這也正是能夠從容面對十年後世界的共同體所應有的態度。

在建立共同的目標，並努力實現目標的過程中，難免會發生各種各樣的分歧。因此，我們需要具有出眾地可以閱讀時代發展潮流的能力，以及強烈的時代使命感，並爲了使自己成爲「信念的人物（man of mission）」而不斷地付出努力。一個國家只有擁有了這樣的領導者，才能夠成功地調解各方面的分歧，使整體國民團結得更加緊密。

近來的韓國社會中存在一種「對於已擁有的東西產生懷疑，並失去自信心」的心理傾向。讓我們重新樹立一個充滿希望的發展方向，並爲未來做好充足的準備。

遵循市場原理

我們能夠眞正爲未來做準備的時間已經不太多了。十年以後，韓國高齡化社會的典型問題將開始正式爆發。除了國民養老金和健康保險以外，這期間由於老年層而發生的財政支出，由一九九七年的一千三百億增加到二〇〇四年的四千八百一十九億，增長了近四倍。

時間仍然飛快地流逝著。如果我們希望自己國家能夠成爲「最大限度地發揮個人的知識能力，以創造出最高的附加價值」的共同體的話，我們就必須忍受短期的苦痛。那就是嚴格按著原則，將韓國社會的所有本質問題——教育、勞資關係、管制養老金與基金、行政等問題逐項解決。而一部分人主張的「以平等和分配爲主題的進步性改革」，不但無法從根本上解決問題，而且還會使問題變得益發惡化。擯棄政治邏輯，只有將基礎放在市場原理上的自由主義改革，才是唯一能夠解決問題的方法。

十年後，主導世界的共同體將成爲「商人精神」行使支配權的地方。爲了使「商人精神」這朵美麗的花朵綻放，在政治或行政上，我們首先需要做的事情就是不使政治或行政政策成爲市場發展的絆腳石。即，不要因爲歪曲的政治，使共同體整體遭遇危機，並進行徹底的危機管理。政治與行政的負責人們，能夠從「怎樣才能使商人精神的花朵在這片土地上綻放？」這樣的疑問中，尋找到共同體對未來的對策。即，大幅度擴大市場的領域。

各種各樣的實驗將在全社會範圍內積極地展開，而在這個過程中生存下來的人才能成爲最終的勝利者。生存下來的人們將得到繁榮與昌盛，並透過技術對照（bench-marking）的方法，將革新精神擴散至全社會。

重拾時代精神

十年後，將有越來越多的人由於無法適應飛速的變化，而最終難逃被時代淘汰的厄運，在這個「優勝劣敗」的過程中，將發生無盡的糾紛與紛爭。帶有類似「將有人幫助我」或

「我之所以會陷入如此的困境，不是因爲我做得不好，而是由於社會結構性等問題而造成的」等錯誤想法的人越多，他們所在共同體的發展就越困難，總是選擇逃避責任的習慣，因而成爲阻礙繁榮的主要因素。

A產業已經臨近被淘汰的邊緣。對於在A產業工作的員工們的苦痛，每個人都會感到心痛和遺憾。但是，冷靜地想想，沒有任何人曾經強迫他們在A產業中工作，A產業的員工們應該自己爲企業的倒閉負上全部責任。但是，他們卻反而高呼「所有責任都在於政府，因此政府必須積極地幫助我們」。而問題正在於，高呼著這種口號的並非只有A產業，處於同樣處境的B產業、C產業也正在不斷地向政府施加著壓力，搞得政府疲於應付。如果這種事情在全社會普及開來，勢必會有更多的人將不斷地加入到向行政機構處要求利益的行列。並且，人們一旦結成了這樣的團體，每個人都不願爲自己命運負起責任。在這種情況下，除了法律這個大原則以外，沒有其他任何的解決辦法。

未來是一個危機四伏的時代，特別在世界完全被開放的狀態下，引導共同體發展的領導者們，更應該在風險管理方面加大力度。我們不能對資源分配的效率低下放鬆管理。過分地固執於以社會、政治邏輯爲基準的資源分配，很可能造成陷入困境的後果。由於隨意的財政運用或內部糾紛，而造成資源巨大浪費的國家，將在未來面臨難以想像的危險。而在韓國社會，由於以社會、政治邏輯爲基準的資源分配一直呈增加趨勢，因此將來很可能會面臨財政危機。所以，我們必須減少不必要的財政浪費，努力地維持收入與支出的平衡。

保護具有創造力的少數群體

在未來世界中，擁有創造力的少數群體，仍將發揮十分重要的作用。因此，無論怎樣的共同體，都不應該利用徵收懲罰性稅金或差別性待遇等方式，對具有創造力的少數人加以迫害。

大多數的人們都具有將財富看作是「零和遊戲（zero-sum game）」的傾向，這也使得他們習慣於從具有創造力的少數人那裡「分享」財富。但是，從將財富看作爲「零和遊戲」的瞬間開始，共同體就已經進入了衰退的道路。將財富看爲「雙贏遊戲（positive-sum game）」，並對具有創造力的少數人加以保護，才是爲了共同體的繁榮昌盛而必須要做的事情。在十年後，爲了生存，韓國應該集中運用所有的能量。生存，這是時代的使命。

結語：生存下去，這是時代的使命

我們生活在充滿變革與創造性的時代。以後，不再存在所謂「安定的未來」，我們只能依靠每個瞬間做出的選擇，去獨力開拓自己的未來。至今爲止，無論你走過怎樣的道路，你的過去都不會對未來生活發揮任何的保障作用。

「一直勤奮地工作，可是到頭來卻陷入了公司倒閉，自己所從事的專業失去價值的困境」，在我們周圍，正處於這種困境的人不在少數。雖然大多數人對於未來都存有危機意識，但是他們並不清楚對於未來應該做些怎樣的準備。當然，也有在飛速變化的時代，仍然認爲「天下太平」的人。

對於現在正爲了使自己的生活變得更加幸福而每天早出晚歸、辛勤工作的人們來講，讓他在工作的閒暇，再去爲幾年之後的未來做好充分的準備，的確算是一種過分的要求。但是，這個世界並不會因爲某人的忙碌，而停下飛速變化的腳步。

「機會的時代」、「創造力的時代」、「市場的時代」、「實質與實用的時代」等形容這個時代和未來的特徵辭彙雖然很多，但是掌握著選擇權的人不是別人，正是你自己。面對選擇，你的世界觀與價值觀將會發揮決定性的作用。是持有否定變化的悲觀態度，還是持有創造機會的肯定態度，由你自己決定。

正如海中的波濤一般，熟悉的東西被擊碎、消失之後，新的東西又會不斷湧上前來。不要過度留戀於過去的得失，只有時刻做好準備，並具有創造力的人，才能夠追趕上機會的浪潮。現在是一個十分重要的時機，歷史中充滿了錯過轉捩點的個人和共同體的沉浮經歷。

每天都不要疏於聽取或閱讀與自己領域有著直接或間接關係的資訊，而另一方面，要培養自己能夠在全部資訊中挑選出對自己有用的資訊的本領，這一點非常重要。因爲，如果被過多瑣碎的資訊蒙蔽了眼睛，則極有可能失去非常寶貴的機會。藉由這本書，我想向各位提供能夠使大家形成一個整體的framework。

能夠在全部資訊中挑選出對自己有用的資訊的本領，並非一朝一夕能夠養成的習慣，它需要透過一種意圖性、計畫性的知識訓練才能夠獲得。如果具有這種知識基礎，那麼即使是短篇的資訊，我們也能夠將其放在整體脈絡當中進行理解，並簡潔地概括出其所具有的特別意義。能夠洞察世界的變化和趨勢的能力，就是從這種訓練中獲得的。當然，與不具有這種能力的人相比，具有這種能力的人，成功的機率則相對大得多。

雖然筆者的知識和經歷還有所不足，但是能夠利用我所擁有的資源幫助各位的方法，只能是向大家展示飛速變化的未來的面貌。但是，對於已經發生、且將來還將呈加速化的變化，如果我們能夠保持清醒的頭腦進行眺望的話，對於變化莫測的將來，我們就能夠制訂出更加具體的計畫，去勾勒我們美好的未來。

衷心希望這本書能夠對於那些沒有資訊來源、或者對於將來的變化仍然感到天下太平的人，因爲對未來準備得不夠充分而遭受經濟損失的人，以及深處在變化的漩渦中正努力開拓自己生活的人，哪怕只會有一丁點小小的幫助，筆者就感到無限的欣慰了。

INK PUBLISHING 經商社匯 13

十年後的世界

作　者　孔柄淏
譯　者　盧鴻金
總 編 輯　初安民
責任編輯　陳思妤
美術編輯　許秋山
校　對　吳美滿　陳思妤

發 行 人　張書銘
出　版　INK印刻出版有限公司
台北縣中和市中正路800號13樓之3
電話：02-22281626
傳真：02-22281598
e-mail:ink.book@msa.hinet.net
法律顧問　林春金律師

總 代 理　成陽出版股份有限公司
業務部／訂書電話：02-22256562　訂書傳真：02-22258783
訂書地址：台北縣中和市中正路800號11樓之2
e-mail：rspubl@sudu.cc
網址：舒讀網http://www.sudu.cc
物流部／電話：03-3589000　傳真：03-3581688
退書地址：桃園市春日路1490號
郵政劃撥　19000691 成陽出版股份有限公司
門市地址　106台北市新生南路三段96-4號1樓
門市電話　02-23631407
印　刷　海王印刷事業股份有限公司

出版日期　2005年 11 月 初版
ISBN 986-7420-97-7
定價　300元

國家圖書館出版品預行編目資料

十年後的世界／孔柄淏 著；盧鴻金 譯.
--初版，--臺北縣中和市：INK印刻，
2005〔民94〕面；　公分（經商社匯；13）

ISBN 986-7420-97-7（平裝）
1.未來社會

541.49　　94021335